LES
GALANTERIES

DU MARÉCHAL DE

BASSOMPIERRE,

PAR

LOTTIN DE LAVAL.

II

PARIS.

HORTET ET OZANNE, ÉDITEURS

DU VOYAGE AUTOUR DU MONDE, PAR M. J. ARAGO,

58, RUE JACOB, FAUB. ST.-GERMAIN.

1839.

LES GALANTERIES

DU MARÉCHAL DE

BASSOMPIERRE.

Ouvrages de M. LOTTIN DE LAVAL.

LES TRUANDS ET ENGUERRAND DE MA-
RIGNY, histoire du temps de Philippe-le-Bel , 5 vol.
in-12. 9 fr.

MARIE DE MÉDICIS, histoire de la cour de
Louis XIII , 2 vol. in-8. 15

ROBERT-LE-MAGNIFIQUE, duc de Normandie ,
2 vol. in-8. 15

UN AN SUR LES CHEMINS , voyage dans la Si-
cile , l'Italie , l'Autriche , l'Illyrie , la Grèce , etc.,
2 vol. in-8. 15

LE COMTE DE NÉTY , histoire du temps des Arabes
et des Normands en Sicile , 2 vol. in-8. 15

DU MÊME AUTEUR,

Pour paraître prochainement :

LA PERLE DES ANDALOUSES. . . . . 2 vol. in-8.

HISTOIRE DES VÊPRES SICILIENNES,
avec un essai sur l'histoire de la Sicile depuis les
colonies de Mégare et de Corinthe jusques et y
compris la domination de Charles d'Anjou. . . 4 vol. in-8.

Cet ouvrage sera orné de magnifiques vignettes de MM. Ro-
QUEPLAN, JULES DAVID, MANSSON , TONY JOHANNOT, RA-
VÉRAT , PROVOST-DUMARCHAIS , EUGÈNE FOREST , etc., etc.

Imprimerie de madame Poussin, rue Mignon, 2.

LES
GALANTERIES
DU MARÉCHAL DE
BASSOMPIERRE,

PAR

LOTTIN DE LAVAL.

PARIS.
HORTET ET OZANNE, ÉDITEURS
DU VOYAGE AUTOUR DU MONDE, PAR M. J. ARAGO,
58, RUE JACOB, FAUB. ST.-GERMAIN.

1839.

XVIII

Un Dangereux.

> Quand vous quittez une femme adorée pour
> aller vers de lointains rivages, dans votre
> amère douleur, savez-vous quelque chose de
> plus consolant qu'un gage offert par cette
> femme? C'est une vieille coutume, mais com-
> bien elle est touchante !
>
> Comte L. DE CHARNY.

« J'eus bientôt franchi la distance qui sépa-
rait mon hôtel *de la rue de la Coutellerie*, poursuivit Bassompierre ; j'allais le front haut, la
démarche fière, l'œil radieux, un peu imper-

II.   1

tinent, enfin j'allais en franc amoureux. Ah !
c'est alors que la vie est belle ! Avoir vingt-cinq
ans, de la passion qui gronde au fond de l'âme,
une tendresse inépuisable, une santé d'athlète,
un grand nom, de la gloire et de la fortune ;
voilà des conditions indispensables pour une
magnifique vie d'amoureux, — et moi j'avais
tout cela !

« Ma surprise fut grande en arrivant près de
l'hôtel de la d'Entragues. C'était un luxe de lumières incroyable, un extraordinaire de laquais
à effrayer un Longueville ou un Conti. La place
était encombrée ; nul ne pouvait pénétrer à la
Grève par la rue de la Tannerie. La valetaille
armoriée de Balzac emplissait tout ce carrefour.
C'étaient des cris et des rires comme à la foire
Saint-Germain.

« A la faveur de mon surcot de serge et de
mon accoutrement de courtaud, je pus pénétrer dans ce flot. Deux litières à mules étaient
préparées à la mode d'Espagne ou de Sicile.
Six hommes les entouraient, munis de torches

résineuses, et près de là se tenaient plus de vingt cavaliers destinés à servir d'escorte.

« Agité par un pressentiment triste, je m'approchai d'un porte-torche, et, tâchant d'imiter l'accent traînard des paysans de Basse-Normandie, je lui demandai quel seigneur le roi de France était venu visiter dans cette rue.

« Le faquin, tout enorgueilli de la bonne mine que je lui trouvais, puisque je le croyais au roi, me répondit bêtement :

— « Il n'y a d'autre seigneur céans que madame la comtesse d'Entragues.

« Je m'inclinai bien bas.

— « Et nous partons pour Mantes, mon garçon, ajouta-t-il, où les dames vont faire la pâque. Ah! tertiguienne, la vie joyeuse que celle d'un homme comme moi! Mais il va falloir t'éloigner un peu, l'ami, nous allons détaler.

« Mantes est une ville fortifiée, pensai-je; et cela me fit faire la moue, car il me serait bien difficile de voir Entragues qui s'en allait chez le gouverneur son parent.

« Je restai donc mêlé à l'escorte, où l'on me souffrit, parce que j'étais protégé par le puissant porte-torche; j'attendis long-temps encore, et si bien, que mon esprit tournait fort à l'impatience quand madame d'Entragues descendit dans la rue, suivie de sa fille et d'un beau cavalier que j'ai su, depuis, être le fils du capitaine de Mantes.

« J'étais collé près de la litière, du côté du mur, semblant être un malandrin, un *essuie-roue* bien plutôt qu'un très noble gentilhomme; mais que m'importait cet abaissement rapide ? L'homme n'éprouve pas d'humiliation de lui-même. Quand on peut tout rejeter sur sa volonté, on n'a nul besoin de courber son front.

« Le fils du capitaine donnait galamment la main à la comtesse, déjà bien lourde, et ses pieds s'étant embarrassés dans sa longue robe, elle manqua de se briser la tête contre les supports de la litière. Cet embarras, qui amena des

lenteurs, me donna la facilité d'approcher de
ma maîtresse.

— « Marie, lui dis-je à voix basse, c'est par
amour pour vous que je suis ici. Prenez garde !
je vois dans cette foule des larrons qui sont à
M. de Guise, et Sommerive dont les yeux étin-
cellent...

— « Oh ! mon cher guerrier, dit-elle en essayant de sourire.

« En la regardant je m'aperçus qu'elle avait
beaucoup pleuré, car ses paupières étaient rouges et son visage très pâle.

— « Je vais à Mantes, où je resterai deux
mois, dit-elle.

— « Je le sais.

— « Nous aurions pu être si heureux !

— « Le petit logis est mien maintenant, ma
charmante, il sera délicieux pour ton retour.

— « Deux grands mois sans se voir, deux
siècles !

— « Si tu as quelque liberté, m'écriras-tu ?

— « Oui.

— « Les femmes promettent toutes cela et tiennent fort peu.

— « Je ne suis pas d'entre les femmes qui promettent, monsieur, et qui oublient. Adieu.

— « Tu me verras à Mantes.

— « Je brûle du désir de t'embrasser, Bassompierre ; tiens, cher, voici un souvenir !

« Et portant à sa bouche un mouchoir tout humide de larmes, elle me le jeta et s'élança d'un bond dans la litière.

« Leurs femmes étaient déjà dans l'autre, les cavaliers s'agitèrent, les porte-torches firent caracoler leurs chevaux, la canaille se recula en hurlant pour éviter les bourguignons enflammés, et le cortége s'engagea dans les rues noires des Arcis, des Lombards et Saint-Honoré, pour gagner les champs par l'esplanade, qui fut depuis le Cours-la-Reine.

« J'avais un nouveau gage de son amour, un mouchoir en point de broderie, mouillé de pleurs, que la douleur d'être séparée de moi lui avait fait répandre. Quel gage pour un

homme enthousiaste! Les femmes savent bien
l'influence énorme qu'elles exercent sur notre
esprit avec des riens charmans, avec des pré-
sens offerts d'une façon gracieuse, délicate
ou passionnée. Comme le cœur leur en tient
compte! comme tout cela les fait aimer! Si
j'étais femme, je voudrais que le cabinet de mon
amant fût plein de futilités merveilleuses don-
nées par moi, afin que chaque chose me rappe-
lât à son souvenir, aux heures de ses rêveries,
— quand l'imagination de l'homme est toute
pleine d'amour!

« Je m'en allais donc l'âme enivrée, à
demi fou, baisant avec adoration cette fine
dentelle parfumée, causant tout haut, me
souciant fort peu du reste de l'univers et ne
songeant guère qu'un œil ardent avait vu avec
une colère envieuse Marie d'Entragues me
donner ce trésor. J'arrivais alors rue de la
Verrerie, le long des sombres murailles de
l'église Saint-Méry, lorsqu'une voix rude et
une lourde main qui s'appuya sur mon épaule

avec une familiarité trop luxeuse pour être polie, me tirèrent de ma rêverie.

— « Hé! l'ami du diable!

— « *Carogna!* m'écriai-je en sortant un poignard caché sous mon surcot.

— « Là! là! messire vendeur d'épice ou auneur de serge, n'importe, mais ruffian; garde-toi de toucher au manche de ton poignard, si tu ne veux être pendu.

« Je reconnus enfin l'illustre Sommerive, un de mes nombreux rivaux (1).

— « Et perchè, serais-je pendu, man ban seigneu? répliquai-je avec une accentuation très normande et du bas pays.

— « Parce que tu fais un vilain office, et que d'ailleurs ton ensemble me déplaît.

— « Ah!

— « Je ne sais qui est ton maître, reprit-il d'une voix sombre, mais ce que je sais bien,

(1) N. de Sommerive, fils de Honorat de Savoye, comte de Tende et de Sommerive, maréchal et amiral de France.

c'est que tu vas me donner l'écharpe que t'a
remise pour lui mademoiselle d'Entragues.

— « Ah! man redoutable seigneu, ce que
vous faites là est mal ; je ne sais perché vous
me violentez ainsi.

« Ma position vis-à-vis du roi et de d'Entragues me commandait d'agir avec une cir-
conspection très grande, quoique je brûlasse
du désir de donner de ma houssine à travers la
figure de cet insolent : je me contins le plus
long-temps qu'il me fut possible, mais j'avais
affaire à un amoureux brutal, et il m'arrêta
court.

—« Ou l'écharpe ou ta vie, me dit-il, choisis!

« Et comme il allait mettre la main sur mon
surcot, je m'écriai d'une voix dure :

— « Arrière, monsieur de Sommerive! Si
vous voulez ma vie, il vous faudra la payer de
votre sang. Quant à l'écharpe d'Entragues,
elle est mienne, et votre épée n'est pas d'assez
fine trempe pour déchirer le surcot qui la re-
couvre!

— « M. le comte de Bassompierre ! fit-il de l'air d'un homme qui a failli marcher sur un serpent.

— « Oui, Bassompierre, messire de Sommerive, qui vous demandera partout raison du beau courage que vous avez déployé en face d'un apprenti sans armes !

— « Trève aux railleries, monsieur, je n'ai jamais refusé de me battre avec aucun gentilhomme. — Et avec vous plus que jamais...

— « Voilà qui est marché bouclé, messire ; soyez demain sur le pré, au point du jour : j'aurai deux amis.

— « Vous êtes bien pressé ! me dit Sommerive.

— « Tu voulais tout à l'heure m'arracher la vie ou l'écharpe de ma maîtresse, moi je veux ton silence et ton sang !

— « Tu n'auras ni l'un ni l'autre !

— « Alors je dirai que tu as menti comme un lansquenet, et je te donnerai du plat de mon épée sur la face en plein Louvre !

« Sommerive fit entendre une espèce de rugissement et s'éloigna en disant :

— « Pour que votre insolence ne me reste pas sur le cœur, monsieur, je serai au Pré-aux-Clercs à six heures, avec Maillezais et Sour-déac.

— « Soit !

— « Et mon ruban de soulier sera dénoué d'avance (1).

— « Va, va, mon brave, répliquai-je en riant, je ne te ferai défaut d'une seconde ; je serai en chemise, et je veux que ce duel soit à l'épée et au poignard !

« Je ne pris pas même le temps de me vêtir plus convenablement, et je courus aussitôt rue Beautrillis, chez le jeune comte de Charny; Balagny s'y trouvait (2). Tous deux étaient des rafinés

---

(1) Pour se mettre hors d'état de lâcher pied. Les boucles ne furent introduites que vers 1670.

(2) Balagny, fils de Jean de Montluc, maréchal de France, et de Renée de Clermont-d'Amboise, sœur du fameux Bussy-d'Amboise, l'amant de la reine de Navarre. Renée était comme lui, une héroïne.

d'honneur, tous deux étaient d'une famille dans
laquelle l'épée ne tient guère au fourreau; et,
après leur avoir conté une bourde à propos de
ma querelle, ils consentirent à me servir de
seconds.

« Vous raconter un duel, messieurs, est
chose fort inutile, la noblesse de France sait cela
mieux que ses patenôtres. Seulement, mon
pourpoint de famille en fut quitte pour une
égratignure à l'épaule gauche, et Sommerive
pour deux doigts et soixante jours d'insomnie.
Il en faillit mourir.

« Le temps se passait sans que je reçusse aucune lettre d'Entragues. Je l'accusai d'insouciance, d'infidélité; le beau-fils du capitaine me
revenait sans cesse à l'esprit, et, quoiqu'elle fût
ma divinité, je crus que Marie avait un peu
dans le cœur de cet amour du changement
dont toutes les femmes ont tant! Je courus à
Mantes, et là, je pus me convaincre de mon
injustice envers la pauvre fille. Sa résidence
était une vraie prison dont elle ne sortait que

bien accompagnée, et jamais sans sa vénérable
et soupçonneuse mère.

« Voyant cela, je revins à Paris tout dé-
couragé.

« Pour passer le temps et dissiper la mé-
lancolie qui me gagnait, je me mis à faire bravement l'amour. »

— C'est-à-dire que vous tombiez de Carybde
en Scylla, monseigneur, dit le chevalier de
Jars.

— Monsieur allait de fleur en fleur comme
un brillant papillon, dit malignement le vieil
abbé de Foix.

— Comme une abeille! maître sermonneur,
répliqua Bassompierre en se redressant d'un
air prodigieux.

Le pauvre prisonnier disparaissait alors,
c'était encore le beau maréchal, l'homme aux
yeux d'amour, la joie des dames et l'effroi des
maris.

Après quelques instans de silence et de
repos, l'illustre maréchal reprit la parole à la

satisfaction grande de la plupart de ses auditeurs, et il continua son récit en ces termes :

« A dater de mon duel avec Sommerive,
ma vie devint extraordinaire. Ce fut un tour-
billon. — Je ressemblais à un conquérant qui
a dédaigné d'arrêter ses plans à l'avance : mes
conquêtes m'embarrassaient fort souvent, et il
m'arrivait de les perdre plus vite encore que je
ne les avais acquises. Mais néanmoins c'était
une vie heureuse que la mienne, malgré mes
fréquens déboires; je prenais de toutes mains,
chacun de mes sens avait sa part, la vanité
s'accommodait de tout, et le cœur n'y était
pour rien. — Quelle vie ! »

« Entre autres histoires infiniment duysantes
et merveilleusement bouffonnes, il m'arriva
celle-ci :

XIX

Madame la Conseillère.

> Les beaux temps, les beaux âges pour
> l'amour !
>
> Comte L. DE CHARNY.

« J'avais rencontré quelque part une jeune
et ravissante femme ; pour vous faire son
portrait et vous donner une idée de toutes ses
grâces, il me faudrait la palette de maître

Porbus ou des Beaubrun; elle était délicieuse,
en un mot. Elle dansait comme Liance et n'était
pas moins vertueuse (1). C'était une vraie petite lionne; cela me tenta. J'étalai donc devant
elle toute la magnificence, toute la folie amoureuse et toute la fatuité dont M. de Bassompierre
était doté à vingt-cinq ans; et, comme elle était
femme, elle sourit, baissa la tête et se laissa
prendre.

« Toutes ces perfections, cette précieuse
perle, cette mignonne figure, tout cela était à
un vieux septuagénaire rachitique, querelleur,
avare, méchant, sot et ennuyeux, qu'on appelait M. de la Linodière, par métier conseiller
aux Aides. Voyez s'il était digne de ce trésor.
En le lui prenant, ce n'était pas jouer le rôle
d'un voleur. — Et d'ailleurs, cela eût-il été, que

_____

(1) Liance, danseuse célèbre de cette époque. Elle était de
Fontenay-le-Comte en Poitou. Malgré sa vie aventureuse, personne ne lui toucha jamais *le bout du doigt*, selon l'expression
de Tallemant, qui cependant aime assez à médire. Le caractère
de cette pauvre danseuse était digne d'un trône.

je l'aurais fait de même, un vol de cette nature
étant en fort grand honneur, au lieu de con-
duire aux galères.

« Pour échapper à la longue dépendance de
son mari, madame la conseillère s'était fait
dévote, ou à peu près. Je veux dire qu'elle allait
beaucoup aux offices, qu'elle médisait avec une
vivacité d'esprit fort passable, et qu'elle faisait
l'édification des présidentes à mortier du quai
des Tournelles, chose moins facile qu'on ne
pense à conquérir ; eh bien, en trois jours, je
parvins..... à lui baiser le bout des doigts.

« Loin de m'enorgueillir d'un tel succès, je
tendis de nouveaux rets à ma petite lionne de
conseillère ; je guettai monsieur son époux, je
le suivis jusqu'à la Cour, et je revins au logis
avec la prestesse d'un clerc de tabellion. L'a-
varice de M. de la Linodière me servit beaucoup ;
il bornait son ordinaire à deux domestiques,
encore fallait-il qu'un des deux l'accompagnât
à son poste, ce qui obligeait madame d'em-

ployer sa suivante à faire une foule de choses
en dehors de sa charge.

« Ce fut donc ma belle conseillère qui me
reçut dans son antichambre.

« Comme toutes les femmes novices en galanterie, elle eut une grande peur en me
voyant dans son logis; puis ce fut un déluge de
ces phrases que toutes les femmes savent,
comme celles-ci :

— « Monsieur! pour qui me prenez-vous? je
suis une malheureuse, je suis perdue! Mon
Dieu! mon mari est si bon pour moi! C'est infâme que de vous recevoir, monsieur... Et
autres belles choses.

« J'avais déjà de l'expérience en amour, et
je câlinai fort madame la conseillère. Je lui
protestai de mon dévouement, de ma passion :
c'était une flamme que rien ne serait capable
d'éteindre; je lui dis que l'amour de Dieu était
beau sans doute, mais que l'amour de l'homme
avait des voluptés enivrantes... enfin je lui
rendis, vulgairement parlant, la monnaie de sa

pièce. Si elle m'avait fait de vieilles phrases, je
ne lui en fis pas de plus neuves ; mais ce sont
celles-là qui font toujours le plus d'effet.

« Les femmes aiment qu'on joue auprès
d'elles le rôle de protecteur, quand elles auraient
grandement besoin d'être mieux protégées ; mais
il y a au fond de nos cœurs un grand amour de
la comédie, et madame la conseillère et moi,
nous nous en tirâmes fort passablement.

— « Vous a-t-on vu entrer ? me dit-elle.

— « Non, ma belle dame.

— « Eh bien ! partez, je vous en conjure, je
suis sur des orties.

— « Voyons vos jolis pieds, dis-je en riant.

« Elle était pâle, tremblante, son front
plissé fortement accusait une angoisse profonde,
une crainte infinie.

— « Partez, de grâce, monseigneur, partez ! Si
mon époux revenait, tout serait fini pour moi.

— « Mais M. de la Linodière ne me connaît
pas, il serait si facile de lui raconter une histoire.

— « Partez vite, me dit-elle, et vous y ga-
gnerez.

« Je voulus l'attirer sur ma poitrine, saisir
ses mains et baiser ses doigts, mais elle me re-
poussa comme si j'eusse été huguenot.

— « Ecoutez-moi, monsieur de Bassompierre, demain à huit heures j'irai à la messe
à Saint-Louis, soyez sur mon passage, et
vous aurez une lettre.

« Puis, sans que je lui demandasse rien, elle
vint à moi avec une gentillesse, une mignardise
charmante, me baisa au visage, et me dit adieu.

— « Allons, me dis-je en longeant le quai des
Tournelles, madame la conseillère n'est pas si
lionne !

« A huit heures j'étais sous le sombre porche
de l'église Saint-Louis; il neigeait assez abon-
damment, le vent sifflait à travers les rues, les
passans étaient rares, et je croyais bien me
morfondre en vain sous ce grossier portique.
Le beau temps pour persuader à un mari tant
soit peu jaloux qu'on va chez son fourreur, son

gantier ou aux étuves! Ah! que de maris sont
cocus par la grâce des étuvistes! La perfide
chose que le bain! Encore, si les femmes s'en
trouvaient plus parfumées! — Vous qui êtes
jeunes, mes amis, vous, dont les années lasse-
ront notre bourreau rouge (pardon, monseigneur le Cardinal-Duc!), souvenez-vous qu'une
femme qui va très souvent au bain a un amant.

« Tout cela nous éloigne de madame la conseillère; je désespérais donc de la voir; mais si
un mari refuse quelquefois pour les fournisseurs
ou les étuvistes, il baisse la tête quand il s'agit
du confesseur ou de l'église. J'avais donc mal
auguré de ma bonne fortune et du temps diabolique. — Madame la conseillère vint, passa
rapidement sous le porche, et laissa tomber à
mes pieds la lettre promise.

« Je courus à une taverne voisine, je m'enfermai et fus très surpris de ne trouver que ce
peu de mots :

« Ce soir à la minuit, sous les fenêtres de
« ma chambre. »

— « Bon ! fis-je, voilà ma dévote qui prend goût à l'humanité.

« Je ne pensais guère à Entragues, ni à madame de la Guiche, ni à madame la conseillère, et pourtant la journée me parut longue. Sur le soir, j'allai au Louvre. La compagnie était nombreuse ; il y avait un ramassis de Gascons désemparés comme de vieilles galères, qui marquaient finement la carte et pipaient les dés. — J'y vis pour la première fois ce grand fat d'évêque de Luçon, aujourd'hui M. le Cardinal-Duc. »

— Prenez garde, monsieur de Bassompierre, dit le marquis de Leuville à voix basse, si l'on vous entendait prononcer ce nom redoutable, on serait tenté de croire que nous conspirons encore.

— Bah ! répliqua le maréchal dédaigneusement, M. du Tremblay est trop honnête homme pour être aux écoutes, et cette vengeance, si mesquine qu'elle soit, me fait du bien.

Néanmoins, les prisonniers demeurèrent quelques instans immobiles, et l'on écouta silencieusement le vent qui sifflait à faire merveille dans les vastes corridors de la Bastille où M. de Richelieu les croyait bien tous endormis à cette heure avancée.

« Ce soir-là, reprit Bassompierre, je fis malgré moi le jeu du roi qui trichait comme un Bohême à l'exemple de ses maudits Gascons ; puis je fis aussi le jeu de Thémines, et je fus assez favorisé pour perdre dix mille écus.

« Le roi se pâmait de liesse. Il aurait vu Agrippa d'Aubigné terrassé sur tous les points de la religion, sur la présence réelle ou sur la Sainte-Ampoule, par un jésuite, qu'il n'eût pas éprouvé plus de joie.

— « Voilà M. de Bassompierre qui rend gorge, disait-il ; le voilà enfin parvenu à sa male heure cap dé Diou ! Il lui faut rendre gorge.

« Et, se tournant vers moi avec une compas-
sion railleuse, il me dit :

— « Tout te manque à la fois, mon pauvre
Bestein, ta gaieté, ton esprit, ta chance et ta
maîtresse.

« J'étais cruellement piqué, je lui rompis
rudement en visière :

— « Il y a du vrai dans ce que me dit Votre
Majesté; mais au moins j'ai joui avec splendeur,
à la barbe de mes ennemis et rivaux, de ma
gaieté, de mon gain, de mes beaux dires, et
surtout de ma maîtresse !

— « Pas d'Entragues, toujours ! dit le roi
en reprenant tout à coup son visage de bataille.

« Je m'inclinai avec un sourire extrêmement
avantageux et pris congé de Sa Majesté, laquelle
était toute furieuse de ne point avoir eu le dernier mot.

« J'étais paré, peigné, parfumé; je rentrai
chez moi prendre un manteau long, une
épée de combat et une miséricorde; car, à
cette époque, les rues de Paris, la nuit, n'é-

taient rien moins que très dangereuses. Onze heures sonnaient; je me fis suivre par mon estafier de laquais, et nous voilà partis pour le quai d'Anjou.

« A minuit, j'étais à la pointe de l'île, sous le balcon qui fait face à l'Arsenal; vingt pas plus loin mon laquais attendait, couché sur un montoir, le pistolet et la dague au poing. J'étais ému, je l'avoue, messieurs; l'heure avancée, le silence et l'obscurité d'une belle nuit pleine de grandeur et de calme, le piquant de l'aventure, le danger, toutes ces choses agissaient fortement sur mon imagination ardente; — et puis, c'était réellement une délicieuse bonne fortune.

« Madame la conseillère ne me fit pas attendre...

XX

L'Alcôve de Madame et l'Alcôve de Monsieur.

> Bien des mœurs du temps passé se retrouvent
> dans les mœurs du temps présent.
>
> Comte L. DE CHARNY.

« Elle avait de l'ardeur, cette mignonne, de l'amour et pas encore de coquetterie. Chez une femme de galante humeur, la coquetterie, c'est l'expérience ; et sous ce point de vue seu-

lement, l'expérience est un luxe dont je me
passe fort volontiers; mais, sans avoir la prétention de me ganter, je crois que ma damoiselle n'en était qu'à sa première flamme.

« Elle parut sur son balcon, se pencha vers
la rue avec une précaution minutieuse et m'appela très bas. Je me découvris, croyant qu'elle
allait me faire ouvrir la porte par quelque valet
séduit; mais point, elle se contenta de me dire
singulièrement :

— « Le chemin est très rude, mon gentilhomme, mais avec la plus grande bonne volonté
du monde je n'ai pu en trouver d'autre.

« Je crus être joué, et je lui dis assez
sèchement :

— « Mille grâces, je vais m'en retourner.

— « *Patienza, amor mio!* répliqua-t-elle
avec une accentuation toute florentine qui me
charma et fit évanouir mes doutes injurieux
pour elle.

« Alors elle quitta le balcon et revint aussitôt
avec une longue bande d'étoffe de siamoise;

puis, la passant aux treillis du balcon par le
milieu, elle la laissa rouler des deux côtés à
terre. Je fus bientôt dans ses bras. Elle était à
demi nue; et, couvrant mes lèvres avec les
siennes pour m'imposer silence, elle me fit
entrer dans une vaste chambre avec une précaution extrême.

— « Pas un mot, me dit-elle, mon mari
est ici !

« J'entendis en effet la respiration pénible
de M. le conseiller aux Aides; nous frôlâmes
son lit, pour ainsi dire, et nous nous arrê-
tâmes à l'autre alcôve, tout près du vieillard.

« C'était assurément d'une audace inouïe
pour une dévote; mais tout avait été habilement
calculé. L'habitude, dans la maison de M. le
conseiller, était comme une loi du parlement,
ce qui diminuait quelque peu le péril : M. de la
Linodière se couchait régulièrement à dix heures
et dormait jusqu'à quatre; il savait vivre d'ailleurs, et, pour cause, il ne troublait point le
sommeil de sa femme.

« Ma foi, M. de la Linodière en eut, et de
la plus belle manière du monde !

« Je ne me lassais pas d'admirer ce corps
blanc et rose, cette peau douce comme du
satin de Catane, ces membres potelés et fermes!
il y avait en elle plus de la vierge que de la
femme. Jamais le ciseau grec aux temps de
Cléomènes et d'Apollodore ne produisit rien
de plus gracieux : c'était la perfection de la
statuaire avec une âme.

« J'étais enivré. Pour la première fois peut-
être, je compris bien l'ardent matérialisme
dont l'antiquité était éprise. La volupté résume
deux choses : toutes les fantaisies, toutes les
délicieuses rêveries de l'intellectualisme alliées
aux brûlants transports du sensualisme. Et qu'y
a-t-il de meilleur sur la terre? Aussi les Grecs,
nos maîtres en l'art de bien vivre et de bien
dire, avaient-ils élevé des autels et déifié la
femme la plus ravissante et la plus voluptueuse
de leur voluptueux pays.

« Madame la conseillère ne demeurait pas

en chemin, assurément; car, oubliant que son
vieil époux était à nos côtés, elle s'écria d'une
voix vibrante :

— « Ah ! Bassompierre !... ah ! je t'aime !

« M. le conseiller par hasard ne dormait pas;
et, quoiqu'il fût très bien élevé, ainsi que je
vous l'ai dit, il sortit néanmoins son chef, orné
d'une espèce de cornette, de dessous ses draps,
et prêta l'oreille.

« En ce moment, madame la conseillère
sacrifiait à la plus grande joie de l'humanité,
et, dans son allégresse, elle m'effrayait presque,
tant ses paroles avaient de véhémence.

— « Sainte Vierge ! cria-t-elle, que je suis
donc heureuse !

— « Ma femme, dit alors M. le conseiller,
tandis que je me disposais à sauter par la fenêtre;... ma petite femme ! qu'as-tu ?... es-tu
malade ?

« Nous ne respirions plus. La gracieuse
dame était plus morte que vive, et sa bouche
mordait ma poitrine avec force.

— « Allons, murmura le bonhomme, la
voilà qui rêve... elle dit qu'elle est heureuse...
Ah ! c'est que je lui suis bien bon, et elle m'en
remercie dans son sommeil. Va, dors, ma petite femme ! dors mieux.

« J'entendis bientôt mon honnête magistrat
se refouler sous ses couvertes ; et, après un
quart d'heure d'angoisses, son ronflement vint
nous rassurer. Je dis adieu à ma bien-aimée
maîtresse, j'enfourchai le balcon et je glissai
dans la rue comme un vase à puits.

« Mon estafier dormait. Je le réveillai d'un
coup de pied, et je ne pus m'empêcher de
murmurer en regagnant mon hôtel :

— « Pas si novice, madame la conseillère !

« Le lendemain, quand je réfléchis à cette
aventure, je la trouvai trop audacieuse. Coucher avec une femme dans la chambre de son
mari, c'était désespérément brave ! Je pouvais
me trouver pris au piége, en flagrant délit, et
payer chèrement les violons. La magistrature
en corps me tomberait sur les bras, à moi,

homme de cour; on ferait du scandale, et le
Roi, mal disposé, m'abandonnerait sûrement.

« Je pris la résolution de ne plus faire de ces
rodomontades, quoique au fond cela m'amusât
fort. Mais je craignais de me brouiller avec Entragues, pour laquelle j'avais réellement de
l'amour; j'étais néanmoins singulièrement
embarrassé; elle était si délicieuse et si voluptueuse, madame la conseillère! Enfin, j'attendis, et ma friande me tira bien vite de ma
perplexité.

« J'étais allé à la Place-Royale chez la Jon-
cière, une raffinée coquine qui devisait d'une
manière fort piquante. Comme elle avait du
bien, sa maison était agréable, et l'on y ren-
contrait toujours des voluptueux et des beaux-
esprits. Malherbe et des Yveteaux y venaient:
tous deux étaient fort célèbres, mais ils n'étaient
pas toujours amusans. Quand je rentrai chez
moi, je trouvai un petit coffret ferré merveilleusement, un chef-d'œuvre de fine serrurerie; il
était fermé avec soin, et, sur la clef ciselée, on

II.   5

lisait en lettres perdues dans le filigrane cette
devise charmante :

> Comme mon cœur
> Et pour toi seul.

« Ce coffret contenait une fort longue lettre;
pour une dévote, et surtout une femme honnête,
l'audace était peu commune. Et, Dieu me sauve!
je suis certain de l'avoir conservée! elle est ici.
Tenez, monsieur de Leuville, donnez-moi ce
dossier de mes Mémoires, année 1606, nous
l'y trouverons. »

Le maréchal ne chercha guère, et voici
cette lettre, telle qu'il la lut à ses compagnons
d'infortune :

« L'amour, cher Bassompierre, m'a rendue
« imprudente, — et l'imprudence est quelque-
« fois un crime. En y réfléchissant j'ai eu peur.
« J'avais l'âme pleine d'épouvante. Il faut re-
« noncer au bonheur que nous avons goûté, car

« ce bonheur est à un trop haut prix. — C'est
« ma vie et la vôtre, peut-être.

« Une jeune femme qui fait de la morale à
« propos d'elle a mauvaise grâce. Vous allez
« me trouver ennuyeuse. Je crois cependant
« aimer le plaisir, et je n'ambitionne guère de
« vous faire éprouver de l'ennui. — Voyez et
« jugez :

« J'ai à Rouen une vieille tante, une vieille
« châtelaine fort riche dont j'hérite. L'avarice
« de M. de la Linodière est telle, qu'à la moin-
« dre alarme qui naîtrait pour la succession, il
« me laisserait volontiers partir seule.

« Il ne peut en ce moment quitter Paris. Il
« y est scellé; il faut qu'il y reste. S'il m'arri-
« vait *quelque cousin de Normandie*, non le bel
« et galant Bassompierre, mais un homme plus
« grave, d'un esprit médiocre, au langage de
« province, à la mise gentilhommière, il se
« pourrait fort qu'on me donnât la liberté, le
« bonheur et mon cousin.

« Vous serez bien malheureux si vous con-

« sentez, brillant vainqueur ! Il vous faudra
« quitter vos perles, vos senteurs de benjoin
« et d'ambre, vos vêtemens chevaleresques pour
« endosser le harnais d'un méchant hobereau,
« — et tout cela pour satisfaire un caprice de
« folle, pour sauver l'apparence, cette reine
« exigeante de la vie vulgaire, et pour que
« puisse sortir de chez elle, au grand jour et
« sans crainte, la dame qui vous aime. »

« Le post-scriptum de cette singulière lettre
contenait les indications relatives à la parenté,
ce qui fit qu'après une heure j'aurais pu facilement blasonner à grand blason les la Broderie
et leurs adhérens.

« J'admirai la ruse et la dépravation innée
que possèdent, sans y songer, la plupart des
femmes. Vingt ans plus tard, Marion de Lorme,
mariée, n'eût pas fait mieux. Cette lettre me
plut, et je sentis qu'elle aiguillonnait la chair.

« Le lendemain, à la nuit tombante, un méchant carrosse couvert de boue, une ruine, le
tout attelé de deux superbes rosses qui avaient

pu voir les dernières guerres d'Italie, arrivait
péniblement sur le quai d'Anjou par le pont
des Tournelles. Une assez pauvre espèce de
gentilhomme habillé de brun, d'une seule
couleur, était dedans, et sur le siége se tenait
un grand drôle de mauvaise mine. Somme
toute, le valet ne faisait pas déshonneur au
maître.

« Les curieux regardaient d'un œil railleur
ce singulier équipage; les polissons le sui-
vaient, et plus d'un muguet les imita par
passe-temps comique et pour savoir quel était
le grand personnage qui avait de pareils amis.
Le carrosse s'arrêta devant l'hôtel de M. de la
Linodière; la foule fit éclater de gros rires
bruyans, et plus d'un mauvais plaisant s'é-
cria : Sans doute ce marquis n'est pas encore
assez ruiné qu'il vient étaler la magnificence
de ses chevaux et de ses gens à M. le conseiller
de la Linodière qui lui rongera jusqu'à la peau.

« Et là, le quolibet pleuvait, pleuvait!

« Madame la conseillère fit de grandes diffi-

cultés pour laisser entrer ce carrosse. M. le
conseiller y mettait une vanité de parvenu. — Il
ne connaissait pas de pareilles gens. Fi donc!
Cependant il fallait bien se résoudre à recevoir
ce personnage, car, s'élançant à terre, il culbuta
l'unique laquais de l'hôtel de la Linodière,
gagna les appartemens et vint sauter au cou
du grêle magistrat qu'il faillit étouffer.

— « Hé, là! bonjour, mon cousin le conseiller, comment va votre asthme; et la petite
cousine, mon cousin le conseiller? Dame, vous
ne me connaissez point, mais je n'en suis pas
moins, cousin, votre cousin...—Ah! voici la petite cousine; hé! bonjour, Berthe; que je vous
embrasse. Là, qu'elle est donc gentille! Etes-
vous heureux, cousin, d'avoir pour femme une
cousine comme ça!

— « Bonjour, monsieur de Froidmantel, dit
cérémonieusement la dame. Monsieur de la
Linodière, j'ai l'honneur de vous présenter
M. Basile de Froidmantel, votre cousin.

« Le conseiller fit un léger signe de tête, mais

le hobereau normand s'inclina jusqu'à terre
fort humblement.

— Et la santé de ma bonne, de mon excellente tante? reprit vivement madame de la Linodière.

«M. Basile de Froidmantel, messieurs, dit le
maréchal de Bassompierre en s'interrompant
en riant, c'était moi.

« J'avais fait une mine triste à la question de
madame la conseillère; et, comme je restais silencieux, le vieil avare, qui songeait à l'héri-
tage, me reprit en sous-œuvre avec une grande
anxiété :

— « Serait-elle malade, notre bonne tante de
la Broderie? cette chère femme que tant nous
aimons !

« Notez bien qu'il ne l'avait jamais vue, la
pauvre vieille; et, s'il la connaissait, c'était par
lettres ou par les récits de sa femme.

« Grâce à la fameuse épître et à cette inquisition bourgeoise, j'eus bientôt compris les
points principaux du caractère de l'avare. Il

joua la finesse, fit l'homme supérieur et me
traita en véritable rustre. Il est de fait que je
semblais bien digne de cette distinction. Madame la conseillère était ravie de mon air bête.
Pour elle, j'étais, à cette heure, un comédien
de bas étage, un histrion consommé; j'avais
à ma disposition toutes les ressources de l'art,
et pour cela il me fallait tout endurer. Aussi
ne se fit-elle point faute d'épigrammes! Ce n'é-
taient que railleries sur ma vie de séducteur,
sur mes innombrables bonnes fortunes; et le
bon M. de la Linodière, pour faire le bel-esprit,
me lançait des quolibets de magistrat légers
comme des présidens à mortier.

« Le rôle commençait à me sembler in-
soutenable, et la piquante conseillère, qui s'en
aperçut, ne négligea rien pour augmenter mon
impatience. La persécution est femme, et j'en
prends à témoin madame Eve, qui eut d'assez
mauvais procédés pour son cher époux. Elle
abusa fort de mon rôle, et cela m'apprit qu'un
homme a toujours tort de se prêter aux fous

caprices des femmes. Un homme, pour quelle
cause que ce soit, doit se garder de paraître ridicule devant sa maîtresse. C'est dangereux en
amour. L'impression plaisante que d'abord elle
reçoit finit souvent par devenir défavorable.
N'oubliez pas, monsieur de Jars, vous qui n'a-
vez pas encore une grande expérience, n'oubliez
pas qu'un cavalier doit toujours paraître aux
yeux des femmes avec tous ses avantages. —
L'homme qui se néglige perd son sceptre, parce
que, avant les profondes qualités du cœur, la
femme veut satisfaire sa vanité prodigieuse ; la
femme veut l'apparence plutôt que la solidité.

« Madame de la Linodière était femme au su-
perlatif, et M. de la Linodière rogue et insolent comme les bateliers du coche. J'y mis bravement ordre, et coupai court à toutes ces gentillesses.

— « Sans doute il m'est fort agréable d'entendre vanter mes superbes prouesses amoureuses, m'écriai-je, mais il me serait plus dui-
sant encore de me mettre à table et de souper.

Rouen est fort loin d'ici, mon cousin, et je suis tout affamé.

— « Le malotru ! murmura l'avaricieux en regardant sa femme, il a faim!

— « Puis, en soupant, répliquai-je, je vous raconterai une foule de détails concernant l'intérieur de la tante. Ah! je ne vous ai pas parlé encore des séductions du cousin Roger.

— « Quel cousin ? dit la conseillère.

— « Quel cousin ? dit le conseiller stupéfait en roulant des yeux inouis dans les fastes du désappointement.

— « Un cousin de la lune ou du diable, leur dis-je; on ne sait d'où il est tombé; mais il a si bien cajolé la tante la Broderie de concert avec un certain prêtre, que, ma foi, la plus grande partie de la succession....

— « Un prêtre et un cousin ! s'écria le conseiller éperdu; nous sommes spoliés ! Ils influenceront la tante ! Mais qu'ils prennent garde, ce cousin et ce prêtre! Je leur ferai bien voir que je m'appelle la Linodière, et que je

suis premier conseiller aux Aides. Mais tout
espoir n'est pas encore perdu peut-être. Voyons,
cousin, me dit-il d'un ton patelin, racontez-
moi leurs menées; c'est votre devoir en qualité
de bon parent, n'est-ce pas, madame de la Linodière? — Eh! Saint-Jean, la Pierre! holà coquins, vite le souper. Servez l'éclanche de midi
et le reste du jambon. Au fait, vous devez avoir
besoin de vous restaurer, mon pauvre cousin.

« Je fis la moue, car tout ce menu était fort
peu régalant, et la maligne conseillère n'en
était que plus impertinente. J'avais grande
envie de voir s'éloigner le bonhomme pour en
tirer une prompte vengeance, mais la maudite
succession lui galopait trop fort par la cer-
velle, et il ne m'aurait pas quitté pour la promesse d'une charge de président.

« On se mit à souper. Madame voulut faire
de la poésie, et fut merveilleuse; dédaignant
les mets trop substantiels servis sur sa table,
quoiqu'ils ne le fussent guère, elle ne man-
gea que des confitures, but quelques gouttes

de vin d'Espagne et me dit force méchance-
tés. De questions, l'avare ne tarissait point;
cela ne lui coûtait rien, et il avait l'espérance
d'en tirer un excellent parti. Je souffris cruellement, pendant deux heures, de mon rôle
d'imbécile.

« Oh ! qu'il me tardait de voir M. le conseiller s'en aller dormir.

— « Eh bien, dis-je en lui souhaitant par galanterie un sommeil profond, réfléchissez au
cousin Roger et au prêtre, mon cousin le conseiller. Nous en causerons encore demain matin
avant le départ. Pour moi, c'est peu de chose que
quelques six mille livres; mais il s'agit de dix
mille écus de rentes, en pleine Normandie, au
soleil, pour la petite cousine et pour vos enfans
à venir : cela vaut bien la peine d'y songer,
même quand on est riche comme vous, cousin.

« Et, derechef, je lui souhaitai fort tran-
quillement le bonsoir.

— « Comment, dit-il à sa femme en me
voyant sortir, ce rustre a aussi sa part de la

succession ! et six mille livres ; mais c'est
exorbitant ! Oh ! nous verrons à y mettre bon
ordre.

« Voilà, pensé-je avec amertume, comme
l'humanité entend la justice. S'il se trouve un
cœur assez noble pour se dévouer au salut de
ses semblables, pour les avertir qu'un danger
imminent menace leur fortune, eh bien, une
fois le danger passé, on cherche les moyens de
nuire à celui qui vous a sauvé de votre ruine,
— on le dépouille. Mais je m'aperçois, mes
amis, que je fais le moraliste quand il s'agit
tout bonnement d'une comédie bouffonne.

« Pendant que j'attendais la belle conseillère
avec une impatience égale à mon ardeur, il
se passait une scène étrange dans la fameuse
chambre nuptiale témoin de mes célèbres
entreprises : M. de la Linodière avait l'audace
de vouloir coucher avec sa femme !... La malheureuse avait beau faire pour se débarrasser
des étreintes de ce cadavre, — il le voulait, —

et c'était... pour causer avec elle. Force fut donc à madame la conseillère de causer.

— « Votre cousin, lui disait-il, et sans que cela vous fâche, ma chère petite femme, votre cousin est un véritable imbécile. Il gardera toute sa vie le célibat, et je saurai bien lui faire accepter quelques sacs de pistoles en guise de la ferme qui lui revient de la tante la Broderie. Il en aura toujours trop pour ses goûts. Je me charge de l'amadouer. Quant au pendard de prêtre et à cet autre fripon de soi-disant cousin, je leur écrirai serré, avec de bonne encre, et leur ferai dire deux mots par la Bedonnière, président du tribunal criminel. Nous verrons après cela, morbleu, l'audacieuse outrecuidance de ces faquins qui osent se faire faire des testamens au détriment d'une conseillère aux Aides !

— « Mais ma tante, répliqua madame de la Linodière, séduite comme elle l'est par eux, — je crois bien qu'il en faudra faire notre deuil.

— « Plutôt en porter le vôtre ! s'écria l'avare exaspéré par ce désintéressement.

— « Est-ce pour me dire de pareilles horreurs que vous avez voulu coucher avec moi, monsieur ? répliqua-t-elle d'un ton furieux. Je vous avertis que je n'en veux pas entendre davantage.

« Et, légère comme une zingara, elle s'élança du lit toute nue et vint se jeter dans le sien.

— « Ma petite femme, ma chère belle, ma mignonne, s'écria le vieux conseiller en sortant de dessous les draps des jambes qu'on eût crues volées à un squelette, vous avez mal pris la chose, ma très douce; je voulais simplement dire que cette succession ne pouvait pas nous fuir, que je porterais plutôt mon deuil de vous, parce que c'était impossible. Ah ! mignonne, vous savez bien que je vous aime. Ne vous ai-je pas cent fois prouvé mon amour ? Voyons, que vous ai-je jamais refusé ? N'avez-vous pas votre chaise de velours à l'église ? une suivante de bonne mine ? n'avez-vous pas des robes aussi belles qu'aucune conseillère, des pendeloques, des anneaux ? Mon train de maison n'est-il pas honorable, ma table dignement servie ? n'ai-je pas toujours pour vous visage riant et manières affectueuses ? Mais c'est de l'amour tout cela, ma petite mignonne !

« Et, en disant ces belles choses passionnées, le vieillard glissait son corps glacé dans le lit de sa femme, qui se dépitait cruellement.

— « Là, là, faisons la paix, ma Berthe ; un jour nous serons bien riches, nous aurons de beaux enfans, nous serons honorés, considérés.

— « Mais ma tante ? Il serait urgent de l'aller voir, monsieur. Partez pour Rouen.

— « Tu sais bien, ma petite, que je suis forcé de rester à mon poste, lui dit-il de son air mielleux, sans cela je m'y rendrais, car il s'agit de trente mille livres de rente... Mais toi, tu iras, ma mignonne, et l'imbécile de cousin te conduira ; quel meilleur guide peux-tu avoir ?

— « Mon cousin ! fit-elle d'un air presque
effrayé, avec un sot pareil ?

— « Mais c'est votre cousin, ma mignonne,
et avec ce maître sot votre honneur ne courra
aucun danger.

— « Et que dira-t-on, monsieur, en sachant
que je suis partie avec ce Froidmantel ?

— « Ce qu'on dira ! ma belle, s'écria M. de
la Linodière de l'air le plus avantageux, en vrai
raffiné d'amour ; on dira ce qu'on voudra, et
votre époux en rira. Froidmantel n'est pas de
ces galans qu'on redoute. La belle mine de séducteur, vraiment ! Voyez donc le beau mu-
seau ! Vous partirez demain avec lui, mignonne,
et en plein midi, maugrebleu ! Je le veux !...

« Elle aussi n'en voulait pas d'autre, la
friande ! Et, comme M. le conseiller avait assez
causé, il souhaita le bonsoir à sa femme et re-
gagna l'autre lit pour dormir.

« J'étais là aux aguets. J'entrai bientôt dans
la chambre ; j'allais en véritable criminel, tâ-

II.   4

tonnant, car la nuit était fort noire, et je
tremblais de tout embrouiller par une tentative
trop précipitée; enfin, à force de me mouvoir
dans l'ombre, je crus reconnaître la vénérable
cornette de M. le conseiller, et je m'en allai
bravement au lit de madame la conseillère...

XXI

Les Gentillesses de madame la Conseillère.

— Boire des vins savoureux de Grèce et de Sicile, faire la sieste, dormir, fumer le schonbouk,
puis aller s'épanouir au soleil, aspirer les parfums
des orangers, adorer sa maîtresse et se battre
souvent, voilà une belle vie !

SYRACUSE. *Lettre d'un Voyageur.*

« Je soulevais doucement déjà la couverte
et me disposais à entrer dans cette couche
voluptueuse, lorsque la voix cassée de M. de
la Linodière vint m'avertir que le plaisir n'était
pas de ce côté :

—« J'ai assez causé ce soir, mignonne; il est fort tard, et le sommeil me gagne, laissez-moi.

« J'aurais voulu être au diable; dans ma précipitation, je heurtai un fauteuil, il tomba, fit un bruit effroyable, et j'entendis aussitôt la voix mordante de madame la conseillère qui criait :

— « Qu'avez-vous donc, mon cher époux? vous courez le risque de vous blesser grièvement en allant ainsi sans lumière par la chambre.

— « Hum! fit le pauvre mari; je suis fort tranquille dans mon lit, m'amour; qu'est-ce donc ?

— « Je gage, reprit la dame, que c'est le grand lévrier de ce sot de Froidmantel qui sera venu nous faire une visite.

— « Ah! la maudite famille, bêtes et gens, grommela le vieux conseiller.

— « Levez-vous, de grâce, dit la dame, et allumez la chandelle pour le chasser, car je ne dormirais pas tranquille.

« Je m'échappai aussitôt, et j'entendis un rire étouffé partant du lit de ma malicieuse maîtresse ; je regagnai rapidement ma chambre, dans laquelle je m'enfermai en envoyant au diable la bizarrerie des femmes amoureuses.

« Le lendemain à midi, M. le conseiller m'embrassa... comme on s'embrasse au théâtre, me confia sa femme, et nous partîmes pour Rouen du meilleur train de mes superbes haridelles que j'avais prises à Saint-Germain.

— « *E viva la libertà !* cria la belle jeune femme en me sautant au cou dès que nous fûmes sur le Cours.

— « *E l'amore !* répliquai-je.

— « Oui, mon Bassompierre, et que l'amour et la liberté nous soient en aide ! Si je vous ai tourmenté hier, je vous en récompenserai aujourd'hui.

« Le voyage dura six jours, malgré d'excellens chevaux que j'avais fait disposer ; mais on court mal la poste quand on aime et qu'on n'est pas pressé. Berthe avait d'ailleurs le temps de

voir à satiété la tante la Broderie; et, ma foi,
je n'étais nullement fâché de prolonger les
relais et délais à l'infini, car je n'ai pas de souvenirs de pareilles fêtes dans ma vie de voluptueux! Je décuplai ma vie, et je crois que
madame la conseillère en fit bravement autant.
Du reste je lui fis avouer, à cause de cela peut-
être, que l'illustre M. de la Linodière était
digne d'être l'époux des onze mille vierges...
La jalousie n'aurait certes jamais divisé son
camp.

« Nous arrivâmes enfin à Rouen. J'avais déjà
une réputation telle que madame la conseillère
ne voulut pas consentir à me laisser visiter
quelques vieilles connaissances. Cependant elle
exigea que je l'accompagnasse parfois aux pro-
menades du soir sur le vieux port, mais on
voulait un cavalier obscur, une mise magistrale,
et non le magnifique M. de Bassompierre. —
C'étaient ses expressions. Tout cela me sédui-
sait médiocrement; mais le moyen de refuser
quand on aime?

« Me voilà donc affublé en licencié ès-lettres,
promenant ma conseillère, qui dérobait à sa
tante le plus d'heures qu'il lui était possible.
Une partie du jour se passait en cajoleries, le
soir en fêtes, et la nuit en amour : c'était quin-
tessencier la vie; aussi cet heureux temps ne
dura-t-il guère.

« La belle madame de la Linodière avait un
grand faible pour le monde : elle avait aussi
prodigieusement d'esprit; et, semblable aux
riches, elle était fort aise de faire parade de
son bien. Toute voluptueuse qu'elle fût, le
caractère général de la femme commençait à
reprendre le dessus; elle voulait, selon l'expression italienne, se livrer de nouveau à sa fantaisie; elle avait désiré d'être initiée aux mystères
de l'amour sans frein, et l'amour lui avait tout
révélé. — La volupté a des appétits extrêmes,
mais elle se rassasie vite; et souvent elle doit
avoir recours à la coquetterie pour les aiguil-
lonner de nouveau.

« C'est ce qui arriva pour ma belle conseil-

lère. Elle me parla de la fine et exquise société
de la capitale normande, m'exposa des devoirs,
trouva cent prétextes, et fit si bien, que je
compris dès lors que l'amour le plus grand ne
peut suffire dans l'isolement à la femme que
l'esprit domine plus encore que la passion.

« Madame la conseillère alla donc dans le
monde. C'était l'époque des joies de l'hiver;
les salons étaient pleins, et j'appris bientôt
qu'elle en était la reine. Les jeunes seigneurs
qui commandaient la garnison de la cité folâ-
traient sans cesse autour d'elle; on se disputait
ses paroles, on se battait pour ses sourires, on
aurait incendié une ville pour un de ses baisers.

« Parmi les plus empressés de ces cavaliers,
se trouvait le jeune Charny de Vayres (1). Vous

---

(1) André Lottin, comte de Charny, fils de Guillaume Lottin,
seigneur de Charny et de Vayres, président des requêtes du Palais.
André Lottin mourut, sans alliance, des suites d'une blessure
reçue dans un duel, et son arrière-neveu, déshérité par son
père, alla mourir de désespoir, dans le plus complet oubli, au
hameau de Monnei, en Basse-Normandie.

(*Nobil. de France.*)

l'avez connu, monsieur de Foix. Il était grand,
très beau, très riche et très magnifique ; c'était
un des charmans de la cour, et vous pouvez
penser s'il devait plaire en province. Il plut en
effet, et singulièrement.

« Un soir, comme je sortais d'une hôtellerie,
je rencontrai Charny dans la rue des Carmes,
et, malgré mon costume d'étudiant, il me re-
connut.

— « Par le diable, s'écria-t-il, c'est Bassompierre !

— « Vous l'avez dit, mon beau seigneur.

— « La folle idée de se déguiser ainsi à
Rouen ! une grande villasse de juges, de prêtres
et de marchands.

— « C'est l'amour, mon maître.

— « Bon ! et moi aussi je suis amoureux,
mais amoureux comme un pacha.

— « Et de qui ?

— « D'une conseillère, d'un ange, mon
cher Bassompierre ; et vous ?

— « D'un ange, d'une conseillère, mon cher Charny.

— « Qui s'appelle Berthe.

— « Berthe est son nom.

— « Une espèce d'Italienne.

— « Madame de la Linodière, enfin.

— « La chose est plaisante, dit le jeune comte.

— « En effet, répliquai-je d'un ton piqué, très plaisante. Vous la connaissez depuis long-temps ?

— « Non. Mais vous ?

— « Depuis un mois environ ; je l'ai amenée de Paris.

— « Et moi je pars dans trois jours pour l'y reconduire.

« Cette petite scène me fit faire de tristes réflexions sur la moralité humaine. Bien que je n'aie jamais été pédant, je me rappelai invo-lontairement les écrits profonds des philosophes de l'antiquité, et je laissai échapper une magni-fique sentence latine. Mais mon caractère in-

souciant et railleur eut bientôt repris le dessus.
Evidemment le cœur n'était pour rien dans la
liaison subite de Berthe et de Charny de Vayres. Je le reconnus bien. Madame la conseillère
avait été séduite par les belles manières et la
somptuosité de mon ami; puis, voyant que
toutes les femmes regardaient à l'envi ce charmant dangereux, son amour-propre l'avait
poussée dans cette lutte, et la vanité avait fait le
reste. C'est que la démoralisation va furieusement vite chez une femme qui n'a que de l'esprit!

« Quoique je ne fusse point très aveuglé sur
ma conquête à demi perdue, j'éprouvais cependant une certaine colère de me voir ainsi
joué. — Sans l'aimer éperdument, car alors
mon amour vrai était à d'Entragues, j'avais
pour elle un certain attachement; c'est qu'il y
avait au fond de tout cela un mystérieux aimant
qui m'attirait fort : madame la conseillère était
voluptueuse comme une Sicilienne.

— « Voyons, dis-je à Charny, tu as sup-

planté à demi un pauvre diable de licencié ès-
lettres, mais non le comte de Bassompierre;
veux-tu faire un marché?

— « Quel marché?

— « Voici : J'ai encore quinze jours dont je
ne sais que faire. Laisse-moi madame de la
Linodière tout ce temps, et après je te l'aban-
donne à jamais sans mot dire.

— « Vous vous moquez, mon cher; j'aime
cette femme et j'en suis aimé. Ce bas de soie si
finement brodé au coin que je porte à mon
chapeau en guise de ganse, c'est le sien qu'elle
me donna hier par faveur.

— « Par faveur! je couchai hier avec elle,
répliquai-je en riant.

— « N'importe? j'aime cette femme, et je
voudrais être seul au monde avec elle.

— « Voilà un furieux égoïsme, cher comte!
Eh bien, par passe-temps je vous la disputerai,
mon dangereux.

— « Comme il vous plaira, monsieur.

— « A l'épée d'abord.

— « Oui, à l'épée de combat.

— « Et le vainqueur aura le gage de la dame.

— « Soit.

— « Y a-t-il ici un Pré-aux-Clercs ?

— « Non, mais le porche de Saint-Médard est éclairé par une lampe ; nous nous battrons dessous si vous voulez.

— « A l'instant même.

— « Sur l'heure !

— « Allons !

« Aussitôt tout fut disposé. Charny trouva des seconds ; nous nous battîmes, et mon rival fut malheureux : je le blessai très grièvement au bras.

« N'ayant désormais nul ménagement à garder envers ma conseillère, j'essayai de me venger en lui donnant des regrets. — Le regret, c'est le remords de l'amour ; — le regret, c'est une des douleurs les plus poignantes que puisse éprouver l'âme ! Et, de ma part, la vengeance n'était pas assurément trop cruelle. J'aurais

pu aimer cette femme, et elle ne craignait pas
de briser mon cœur. Or, la peine du talion m'a
toujours semblé une admirable justice, — surtout en amour.

« Le président de la cour criminelle donnant
le lendemain un dîner superbe, je m'y fis in-
viter. Ma présence inopinée à Rouen causa une
certaine sensation, et j'avoue que j'éprouvai
une joie bien maligne à étaler une magnificence
que je n'avais plus montrée depuis les fameux
carrousels de la Place-Royale.

« Oh ! comme j'aspirai après l'instant où madame la conseillère ferait son entrée et m'aper-
cevrait au milieu de cette foule ! Enfin il vint,
cet instant ; elle pâlit, mais son trouble fut bien
rapide ; elle joua en femme désespérément habile ; on se mit à table, et, malgré son calme gla-
cial, je prévis qu'une grande catastrophe était
imminente.

XXII

Moralité à propos d'un bas richement brodé.

Hélas ! qu'il y a de femmes qui jouent avec
l'amour ! — Selon moi, c'est presque un crime.

« Mon pourpoint et mon nom eurent un prodigieux succès; on m'admirait comme si j'eusse
été une relique richement enchâssée, et bientôt ce pauvre comte de Charny fut oublié.
Voyez jusqu'où peut aller la sottise humaine !

« Je me montrai fort empressé auprès d'une certaine madame de Baraville, dont la beauté balançait presque celle de madame de la Linodière. Ma maîtresse de la veille enrageait. Elle ignorait encore mon duel avec Charny; et, ne sachant à quoi attribuer la rupture de mon ban et l'indifférence que je lui témoignais, elle prit le parti de se montrer fort maussade. Mais la vanité, la vanité la mordait cruellement.

« Pendant le dîner on fit beaucoup d'esprit, et du passable. L'épigramme sifflait et courait comme une flèche. Cela remit quelque peu en joie la maligne conseillère, qui attendait le dessert avec une impatience cruelle, afin d'avoir une conversation avec moi. — Ma vengeance commençait dès lors.

« On eût dit que la délicieuse madame de Baraville s'associait à mes projets, car elle était pour moi d'une grâce parfaite, et chacun de ses sourires allait faire surgir un frisson au cœur de Berthe; elle souffrait d'autant plus, que j'ob-

tins de continuels sourires. Quel triomphe! —
madame la conseillère devenait jalouse!

« La vicomtesse de Baraville étant veuve, je
pus à mon gré m'occuper d'elle. Je ne la quittai point. Un cercle se forma autour de nous;
Berthe y vint, et, répondant aux hommages
presque railleurs que je lui adressais, elle me
dit que sa tante serait fort charmée de recevoir
la visite de M. de Bassompierre; puis, s'approchant de moi davantage, elle me dit à voix basse :

— « Offrez-moi votre bras, monsieur, il le
faut!

— « Je suis trop heureux, madame, d'obtenir
une distinction que je n'aurais pas osé solliciter ici.

— « Vous voulez me faire mourir, murmura-t-elle d'une voix saccadée.

— « Vous faire mourir, bon Dieu! Et pourquoi, s'il vous plaît? Est-ce parce que j'ai rompu
un ban futile? est-ce parce que l'imbécile éco-
lier s'est tout à coup transformé en Bassom-

pierre? Voyez combien est mauvaise ma destinée ! moi qui croyais vous ravir....

— « Cette vicomtesse de Baraville....

— « Est charmante ; eh bien ?

— « Je ne veux pas que vous lui parliez !

— « Je dois danser un branle avec elle.

— « Vous n'en ferez rien. Je ne veux pas
que vous la regardiez !

— « On me cite comme un modèle de politesse et de belles manières, et vous voulez me
déshonorer.

— « L'ai-je craint, moi, qui me suis sacrifiée ?

— « A qui, madame ? répliquai-je en riant
comme un étourdi.

« Trois jeunes hommes de robe, desquels je
n'étais pas connu, passèrent alors près de nous,
et l'un deux s'arrêta tout à coup en disant :

— « Eh ! messieurs, j'oubliais la nouvelle. Il
y eut hier soir au portail de Saint-Médard un
duel à outrance : le comte de Charny a été
tué.

— « Tué ! par qui ?

— « Par un dangereux, répliqua le premier
interlocuteur avec une certaine affectation de
mépris, par un mauvais cavalier mercenaire
venu d'Allemagne.

— « Malepeste ! l'ami, comme vous tuez les
gens, lui dis-je ; Charny en a été quitte pour un
pouce de fer dans le bras ; et quant à ce mauvais Allemand, qui, soit dit en passant, est
meilleur Français que vous, prenez garde à vos
paroles, car Bassompierre, c'est moi !

« Le pauvre huissier du conseil, belliqueux
seulement dans ses actes envers les manans, s'é-
loigna tout attéré sans aucun murmure.

— « Comment ! me dit madame la conseillère
d'une voix strangulée, vous débutez au grand
jour par un duel à mort ! vous exposez ainsi
votre existence !

— « D'abord, ma chère, c'était un duel à la
lampe, et non au grand jour. Ensuite, Charny
en sera quitte dans cinq ou six semaines ; puis,
il lui fallait une leçon. Quant à moi, je suis
bronzé. Quoi qu'il en soit, c'est fort dommage,

car Charny faisait, dit-on, l'orgueil et le bonheur des dames.

— « On dit donc cela ?

— « Il est très fat, ma chère belle, et il le
laisse volontiers croire. Il en parle même fort
cavalièrement !

« Je jetai alors les yeux sur cette femme ;
elle était pâle, et ses traits contractés annon-
çaient un dépit cruel, plutôt que la crainte
d'une âme timorée. Cela doubla mon triste courage.

— « Où voulez-vous que je vous conduise,
madame ? Voici l'heure de la danse, et vingt
cavaliers aspirent après vous.

— « Mais je ne veux pas danser ; continuez
de m'accompagner.

— « Un peu plus tard, je serai tout à vous ;
mais voici madame de la Bedonnière qui vous
cherche. Adieu.

« Je m'échappai rapidement la laissant fort
inquiète et toute furieuse. Il faut aimer les
femmes, mais bien se garder devant elles de

paraître faible. L'amour, dans le cœur du plus
grand nombre, a pour aliment la crainte de
l'abandon, et je voulais revoir à mes pieds ma
conseillère amoureuse.

« Il se faisait tard ; la maison était pleine ; on
dansa le branle. J'allai chercher madame de
Baraville., et nous n'en perdîmes pas une mesure. Jugez si ma conseillère enrageait. Elle
refusa tous les cavaliers qui la supplièrent, afin
de pouvoir mieux résister à sa colère ; mais
elle perdit toute contenance quand elle me vit,
après la danse des *six visages*, embrasser la
belle vicomtesse suivant la coutume.

« Dès que cela lui fut possible, elle arriva
près de moi.

— « Puisque vous êtes le modèle des belles
manières et de la politesse, me dit-elle avec
une raillerie furieuse, vous ne me refuserez pas
sans doute de m'accompagner chez moi : je suis
seule ici.

— « C'est me combler de joie, madame.

— « Eh bien ! venez.

— « Quoi ! sur l'heure ? Songez donc à cette
belle fête.

« Je me meurs ici ; je veux partir !

« Nous regagnâmes son logis sans proférer
une seule parole ; mais c'était, comme dit le
proverbe, *reculer pour mieux sauter*. Elle me fit
une scène épouvantable, me reprocha ma vie
scandaleuse, me traita de monstre, cassa les
vitres et joua l'évanouissement. J'en avais assez ;
ma vengeance était satisfaite : j'allai chercher
des essences, et lui mis sous le nez son fameux
bas brodé.

« Elle poussa un cri perçant, et voilà sa tête
avec ses mains.

— « Reprenez ce gage, madame, lui dis-je
d'une voix sévère ; il est couvert du sang de
Charny, et j'ai risqué tout le mien pour le reprendre. Votre conduite est impardonnable.
Si vous n'avez pas de cœur, n'essayez point de
faire naître de violentes passions, car il y a
toujours du danger à jouer avec l'amour.

— « Après cette moralité, bien rude pour

moi, qui, toute ma vie, n'ai su que rire, je
me retirai, complétement guéri ; j'allai embrasser Charny, auquel je racontai toute l'histoire ;
et, le lendemain, avant le jour, je pris la poste
pour courir vers Paris.

« Beaucoup de femmes se seraient mises en
religion après cette catastrophe ; madame la
conseillère n'en fit rien. On m'a dit qu'elle se
lamenta quelques jours, et qu'elle finit par reprendre un autre cousin qui sécha ses larmes
et la ramena à son mari.

« De tout cela, il advint un bel enfant, auquel
on donna le nom de François : c'était aussi le
mien. Je ne sais s'il n'eut que cela de moi.

« Voilà, messieurs, l'histoire de cette galanterie avec madame la conseillère. »

— Il y a encore une autre moralité à tirer de
ceci, dit le chevalier de Jars : c'est que vieux
mari doit se garder de prendre jeune femme.
Les vieux maris ressemblent aux vieux boucs ;
plus l'âge leur vient, et plus les cornes poussent.

— C'est une moralité bien neuve, dit l'abbé de Foix d'un ton bourru.

— Comme le temps, mon vénérable malcontent, et c'est pour cela qu'elle est toujours vraie.

— La bonne soirée, monsieur de Bassompierre ! ajouta Leuville, merci mille fois.

— Et maintenant que nous avons tiré la moralité, reprit l'abbé en bâillant, si nous allions dormir ?

— Voilà, reprit vivement le chevalier, voilà M. de Foix qui se met à la place de ses anciens auditeurs ; il s'imagine sortir d'un de ses sermons.

— Allons dormir ; soit, messieurs, dit le maréchal ; demain, nous irons à Mantes chercher mademoiselle d'Entragues.

XXIII

Où l'on voit la fin des galanteries de Bassompierre avec
mademoiselle d'Entragues.

Indiavolato compadre!...
IL CAPPUCCINO.

Le lendemain tous les seigneurs, hormis
l'abbé de Foix, devenu boudeur, se réunirent
chez le maréchal de Bassompierre immédiate-
ment après leur dîner, afin de vider quelques

vieux flacons de vin de Calabre, dus à la souve-
nance et à la libéralité de M. de Guise, le banni
volontaire. Ils étaient tous de bons gentilshommes ; c'est assez dire qu'ils y firent honneur.

Une fois les cerveaux échauffés, on regarda
en arrière : l'ivresse fait revivre les souvenirs.
On retrouva la vigueur de la jeunesse, et l'on
songea de nouveau aux vieilles histoires.

— Pardieu, dit Jars, si vous profitiez de l'absence de l'abbé, monsieur de Bassompierre,
pour nous raconter l'histoire des fameuses
nièces, cela donnerait à mademoiselle d'Entragues le temps de revenir de Mantes.

— Ce sont des galanteries du dernier nu-
méro, répliqua le maréchal, et il y aurait
plus de piquant à le faire devant le bonhomme
d'oncle.

— M. de Bassompierre a le cœur si riche,
reprit le sire de Roiville, qu'il y aurait plus de
générosité à lui de ne le pas faire. M. de Foix

est déjà bien malheureux de position et de caractère sans chercher à l'aigrir encore.

— Vous avez grandement raison, monsieur
le gentilhomme, répliqua le maréchal, et d'ailleurs je serais bien aise de me débarrasser des
embrouillaminis d'Entragues.

— *Va per la graciosissima signorina Entra-
guia*, dit le cavalier italien.

— Luiggi Albertizzi a raison, ajouta le marquis de Leuville, Entragues est trop charmante
pour l'abandonner ainsi. Voyons, monsieur le
maréchal, comment fîtes-vous pour échapper
à la Bastille du roi, aux espions de M. de Guise
et à la finesse de la fine mouche Marie Tou-
chet?

— Une dernière rasade d'Asti, et daignez
m'entendre.

Puis le maréchal continua ainsi sa narration
amoureuse :

« En arrivant de Rouen, je résolus de mettre

à profit les jours qui me restaient. J'avais encore une grande semaine, et je voulus l'employer à surprendre agréablement ma maîtresse. Je meublai le petit appartement de la
rue de la Coutellerie.

« On ne peut être trop recherché pour l'amour.
Le luxe est voluptueux, et la passion est plus
grande et plus durable dans la soie et le brocart
que sous les combles d'une masure en ruines ;
seuls, les mauvais poètes affirment le contraire.

« Ce fut bientôt une ravissante demeure de
fée que cet appartement naguère si sombre et
si délabré ! Outre les plaques, flambeaux d'argent et meubles de Zamet, Graveron fournit
les coffres ; et certes, depuis la belle époque de
Henri II, aucun ouvrier en sculpture n'avait
aussi bien fouillé l'arabesque. Vous savez que
je me suis toujours mêlé d'art, que je fais un
peu l'artiste. Beaubrun aîné me peignit de délicieuses figures mythologiques au plafond, dans
le goût de Jules le Romain ; des lampas brochés
d'argent tombaient des voûtes en guise de ta-

pisseries. Des crédences ouvragées faites du bois
le plus rare, supportaient mille riens, — tous
chefs-d'œuvre de fine serrurerie, d'orfévrerie
ou de porcelaine. Luca della Robia, Palissy et
Cellini s'y heurtaient, c'était, en deux mots,
une merveille qui fut créée en huit jours,
moyennant soixante mille livres.

« Oh! j'avoue que je fus bien vaniteux de ce
paradis! Je n'en bougeais plus, j'étais comme
une jeune fiancée qui vient de recevoir son coffret de noces. Avec quelle impatience j'attendais Entragues! Comme je désirais de la voir
toute rieuse au milieu de ces magnificences!
Comme tout cela l'embellirait encore à mes
yeux! Enfin, je la vis.... et je la vis sans nulle
entrave.

« Non, tant d'amour ne se peut payer trop
cher! Elle m'en donna à en lasser de moindres.
Il est vrai que cela ne dura guère. En ce monde
la joie n'a que de rares rayons; la peine seule
est profonde, durable, éternelle!

« Sommerive guérit de sa blessure; ce n'é-

tait pas un raffiné d'honneur; il avait même peu
de bravoure. Loin de se retirer prudemment à
l'écart, comme Montsorand, il revint à la charge
et conta au roi l'aventure de l'écharpe; c'était
une lâcheté insigne, mais le roi en fit de même
son profit.

« Comme je conduisais mon intrigue avec une
assez grande habileté, rien ne transpirait. J'étais
entouré d'espions, et Sa Majesté, qui vint à partir pour Fontainebleau, commanda encore à tous
ceux qui prenaient ce soin honorable de se con-
fier à M. de Guise, en cas qu'il arrivât quelque
chose. — Je brûlais d'envie d'appeler sur le pré
M. de Guise; mais j'enrageais de ne le pouvoir,
car il était prince de Lorraine!

« Voici qui amena la catastrophe fameuse
dans les fastes de mes galanteries :

— « Un soir que je devais aller chez d'Entragues, M. le Grand vint chez moi me prier
de souper et m'emmena. Pendant le souper, il
tomba un déluge d'eau, c'était au mois de mai;
et, comme je voulais partir malgré la vive résis-

tance de mon noble hôte, il me donna un de
ses manteaux de pluie; puis, sans penser que
la croix de l'ordre du Saint-Esprit était atta-
chée dessus, je m'en allai sur les onze heures
au logis d'Entragues.

« Je fus aperçu par les espions du roi et ceux
de M. de Guise, qui le vinrent aussitôt avertir,
disant qu'ils avaient vu un jeune chevalier du
Saint-Esprit entrer par une porte de derrière
dans l'hôtel de madame d'Entragues. M. de
Guise ne le pouvant croire, y envoya Durbal et
Cardine, deux de ses valets de chambre, afin
qu'ils reconnussent le quidam quand il ressor-
tirait. Dans les mille conjectures qu'il formait,
il ne voyait que M. le Grand parmi les chevaliers de l'ordre, qui fût capable d'avoir cette
bonne fortune; et d'ailleurs, il se trouvait en
ce moment à peu près le seul à Paris.

« En sortant, je vis bien ces deux valets de
chambre que je ne connaissais pas; et, pour me
dérober à leurs regards, je me déguisai le plus
qu'il me fut possible, croyant qu'infailliblement

ils m'auraient découvert; mais eux, voyant cette croix du Saint-Esprit, jugèrent que c'était M. le Grand, et en assurèrent M. de Guise.

« J'écrivis aussitôt à ma maîtresse que les valets du prince de Lorraine m'avaient vu sortir, que j'avais craint que nous ne fussions découverts, et qu'elle mît à la torture toute sa finesse de femme pour inventer quelque bonne excuse afin de dépister tous ces importuns si dangereux.

« M. de Guise, qui avait la puce à l'oreille, vint voir M. de Bellegarde; mais on lui dit à la porte qu'il avait eu toute la nuit un violent mal de dents, et qu'il ne serait visible que sur le soir. Cela confirma M. de Guise en la créance que M. le Grand ayant passé une nuit voluptueuse, avait voulu dormir la grasse matinée.

« Il s'en vint de là à mon logis; et, me trouvant encore au lit, il me dit :

— « Je vous prie, prenez votre robe de chambre, car je veux vous dire un mot.

« Croyant qu'il m'allait dire que ses gens m'a-

vaient vu sortir de chez d'Entragues, je pris la
résolution de nier fermement; mais loin de là ,
il fit des yeux sardoniques et me dit d'un air
superbement railleur :

— « Que diriez-vous, mon cher, si le grand
écuyer était mieux que vous et que tout le
monde, non seulement dans l'esprit d'Entragues, mais encore dans son lit?

— « Je dirais, monseigneur, que je n'en crois
rien, et que M. de Bellegarde ne songe pas plus
à Entragues qu'Entragues à Bellegarde. Elle
songerait plutôt à vous.

— « Oh! Dieu, que les amoureux sont aisés
à tromper! reprit-il; je l'ai cru comme vous,
et cependant il est fort vrai qu'il a été toute
cette nuit chez elle et n'en est parti qu'à quatre heures du matin. On l'y a vu entrer, et mes
valets de chambre l'en ont vu sortir avec tant
de négligence, qu'il n'a pas voulu seulement
prendre un manteau sans croix de l'Ordre pour
se déguiser. Vous allez être convaincu, monsieur.—Durbal, cria-t-il à voix haute, viens...,

II. 6

N'as-tu pas vu sortir M. le Grand de chez mademoiselle d'Entragues.

— « Oui, monseigneur, aussi vrai que je vois
maintenant M. de Bassompierre.

« Je n'osais regarder ce valet au visage, car
il m'avait bien vu sortir, et je pensais que M. de
Guise me voulait berner; tout à coup j'aperçois sur une forme le fameux manteau accu-
sateur que mon valet avait plié; la croix était
à découvert, et sans son trouble mon rival l'eût
aperçue cent fois.

« J'allai m'asseoir dessus et fis fort l'affligé;
je dis beaucoup de choses piquantes sur la légèreté d'Entragues et des femmes en général,
et, malgré les instances de M. de Guise, qui
voulait que je me promenasse avec lui, je ne
bougeai de dessus le manteau que je fis enlever dès que M. de Guise se tourna : sans cela
c'en était fait de mon adresse, de mon audace
et de ma bonne fortune.

« Oh ! après cela, comme je les raillai tous
impitoyablement avec leur galant à la croix !

« J'écrivis aussitôt à Entragues pour l'in-
struire de cette comédie; elle, toujours malicieuse, fit fort bonne chère au Louvre, dans
l'après-dinée, à M. le Grand, pour que M. de
Guise et le roi se confirmassent en leur créance
et perdissent tous leurs soupçons contre moi.
Et quand, le lendemain, M. de Guise fit la
guerre à M. le Grand sur ses nouvelles amours,
bien que lui et moi fussions demeurés d'accord
qu'on ne l'en tourmenterait point, M. le Grand
répondit avec une certaine fatuité qui confirma
le duc de plus en plus dans son opinion.

— « Me voilà donc votre amoureux, mademoiselle, dit M. de Bellegarde à Entragues;
j'étais loin de croire à tant de bonheur.

— « C'est un bonheur qui me coûte peu;
mais qu'à cela ne tienne, et puisque M. de
Guise le veut, soyez bien amoureux, je ne resterai pas en chemin; ils seront dupes de nos
finesses (1).

(1) Mémoires du maréchal.

« M. le Grand y consentit, et le prince de Lorraine et le roi le haïrent comme peste; puis, pour achever l'œuvre, ils en avertirent la mère, qui enfermait sa fille dans sa chambre pour que je la visse avec plus de sécurité.

« Hélas! ajouta le maréchal d'un air bouffon, ce fut cette sécurité qui nous perdit.

« Madame d'Entragues avait trop de pénétration d'esprit pour croire à cette rapide intrigue. Elle savait l'humeur de sa fille et ne lui souffla pas le moindre mot. Pour Marie, elle y mit une telle discrétion, qu'un grand inquisiteur en aurait été pour ses frais de male pensée.

« Le roi, à propos de sa fête, donna au Louvre un grand régal. Ce soir-là madame d'Entragues était fatiguée d'une course à Saint-Germain, et il fut convenu, entre Marie et moi, que je me rendrais sur les onze heures à mon petit appartement. Voilà chose bouclée, et je m'en vais au Louvre.

« On s'amusa beaucoup, on joua fort gros jeu. Malgré moi je gagnai six mille écus; mais néanmoins mon étoile était terne, et je dus payer les violons de la fête.

« Voyant le roi à une même table avec M. de Guise, acharnés à un pharaon, je profitai de la circonstance pour m'esquiver, et je fus bientôt dans le bienheureux palais de l'amour. — Ma Vénus y était.

« Nous nous moquâmes fort du roi, de M. de Guise et consorts. La bonne madame d'Entragues qui, pour plus grande sûreté faisait coucher sa fille dans sa chambre, madame d'Entragues ne fut guère épargnée ; puis, nous jouâmes bellement, et le soleil vint.

« Pendant ce temps, il se tramait d'étranges choses au Louvre.

« A peine fus-je dans la rue des Prêtres, devant l'hôtel de Zamet, l'illustre partisan, que le roi s'aperçut de ma disparition.

— « Ce maudit Bassompierre s'est échappé dit-il.

— « Que Votre Majesté se repose sur moi du soin de prendre l'amoureux, répliqua M. de

Guise, M. de Bassompierre traîne après lui le fil d'Ariane.

— « Cap dé Diou! est-ce que nous ne marierons pas ce beau sire, pour que j'aie le plaisir de le faire cocu?

— « Il sait trop ce qu'il doit à Votre Majesté, dit M. de Soissons qui se trouvait là, pour ne pas accéder à ses moindres désirs.

« Au même instant un ordinaire vint, de la part de ce faquin de Durbal, dire à M. le duc de Guise qu'on m'avait suivi jusqu'à l'hôtel de la comtesse d'Entragues, où j'étais entré.

— « Enfin nous le tenons! s'écria le roi avec une joie de lieutenant-criminel; vite, monsieur de Guise, à l'œuvre!

— « Il serait peu prudent de nous trop hâter, Sire. Croyez qu'il y a sous cape quelque fine embûche. Entragues et Bassompierre ont trop d'expérience pour ne pas agir sûrement.

— « Ventre saint gris! monsieur (et le roi ne lâchait jamais en vain ce fameux juron), avec vos lenteurs nous perdrons notre cerf....

— « Pas si cerf, murmura encore M. de
Soissons en riant ; il plante son bois aux autres
du moins.

— « Je crois, Sire, reprit M. de Guise, que
notre galant ne peut voir sa maîtresse qu'aux
heures du sommeil de madame d'Entragues ;
ainsi nous pouvons achever le pharaon. Durbal,
mon valet de chambre, est une fine guêpe, qui
ne le laissera pas échapper sans le piquer.

« Le roi consentit, mais il n'était plus à son
jeu ; l'impatience le persécutait ; l'amour-propre
outragé le faisait bondir. Il ne fut heureux que
quand il vit s'éloigner M. de Guise.

« Je lui ai ouï dire en riant depuis qu'il
regrettait presque le décorum que lui imposait
la royauté, tant il avait envie de quitter le
Louvre pour me venir donner de la houssine à
travers du visage et me provoquer en duel.

« M. de Guise arriva, bien accompagné, à
l'hôtel d'Entragues ; il y eût eu là-dessous projet
de crime que tous ces loyaux gentilshommes
n'auraient pas été plus silencieux ; la chose en

valait bien la peine, — il s'agissait du déshonneur d'une femme !... On entoure la maison,
on tire les dagues, on s'encourage, et voilà
M. de Guise et cinq ou six estafiers qui frappent
à la porte assez doucement. Un des laquais
veillait ; il descend et ouvre au nom de M. de
Guise qui vient de la part du roi.

— « Voilà dix écus, maraud, conduis-nous à
la chambre de ta maîtresse.

— « Madame la comtesse est couchée, monseigneur, et je ne puis....

— « Tais-toi, drôle, et obéis. — Le roi le
veut d'ailleurs.

« Madame d'Entragues fut fort surprise, en
se réveillant en sursaut, de trouver près de son
lit pareille compagnie.

— « Qu'est-ce donc ? dit-elle. Jésus ! que
signifie tout cela ?

— « Rassurez-vous, madame, dit M. de Guise,
le roi, sachant que M. de Bassompierre est ici,
m'envoie pour vous prêter main-forte et vous
faire respecter.

— « M. de Bassompierre est-ici ! C'est faux,
monseigneur, croyez-le bien, on s'est plu à
calomnier ma fille ; parce que je suis une pauvre
veuve, on prend plaisir à m'outrager impunément ; ma fille est aussi vertueuse qu'aucune
des dames de la reine Marie qui se pique fort
de pruderie ; — elle dort là, dans l'autre alcôve.

« Elle descendit rapidement de son lit, courut à l'alcôve et en souleva les courtines.

« La couche était vide !

« Furieuse comme une aigle dont l'aire est
envahie, elle s'élança presque nue vers le cabinet de toilette. La porte qu'elle croyait mu-
rée depuis si long-temps était ouverte..... Elle
franchit les degrés de l'escalier, pénètre dans
le palais de l'amour et nous trouve... endormis
dans les bras l'un de l'autre.

« Jugez du beau coup de théâtre que cela
fit !

— « Au moins, s'écria-t-elle avec rage, eu me secouant rudement, vous ne nierez plus !

— « Qu'il y a-t-il? cria la pauvre Marie.

— « Venez, venez, monsieur de Guise !

— «Quoi! M. de Guise est ici ; le traître ! dis-je en saisissant mon épée.

« Et, comme il montait avec tous ses partisans, je m'élançai vers la porte que je fermai rapidement à clef.

— « Maintenant, madame, dis-je à la comtesse, que ferez-vous? vous êtes ici chez moi ! je suis libre d'y recevoir qui bon me semble.

« Cela fit une scène diabolique, un tapage infernal. On m'extorqua, tant bien que mal, une promesse de mariage qui calma la mère, tranquillisa la fille et fit enfin taire le roi, dont l'espoir était fort grand pour l'avenir...

« Mais je n'épousai pas sur l'heure, au grand scandale des cocus qui aiment fort les confrères. Le roi enrageait, et Dieu sait et vous tous aussi, messieurs, que madame Marguerite

l'avait terriblement *encornaillé*, tout roi de
France et de Navarre qu'il fût!

« La chose traîna en désert; Henri IV mourut, et la d'Entragues, pour ne point mentir à
sa race, se fit singulièrement cajoler.

« A force de galans elle devint grosse; puis,
tendant l'oreille à sa mère, il y eut bien des
procès, et, pour faire meilleure figure, elle
finit par s'affubler de mon nom.

« Me promenant une après-dînée au Cours
avec la reine-mère, le carrosse d'Entragues fut
forcé de s'arrêter, et la reine Marie, se ressou-
venant de toutes les souffrances que lui avaient
fait endurer les femmes de cette maison, ne
put s'empêcher de dire à haute voix, d'un ton
cruellement railleur :

— « Voilà donc cette madame de Bassompierre!

— « Oh! dis-je en riant, c'est un nom de
guerre.

— « *Vous êtes un sot!* répliqua Entragues
rouge de colère,

— « Il n'a pas tenu à vous que cela n'arrive, la belle ; mais puisque madame aime les noms de guerre, autant vaut celui-là qu'un autre.

« Et sur ces charmantes politesses, les carrosses repartirent ; depuis, je n'en ai plus ouï parler.

« Quant à la moralité de cette histoire, je vous laisse le soin de la chercher, monsieur de Jars, je la crois avec la vertu de la fière Entragues. Mais si cette galanterie est bouffonne, en voilà une bien terrible qui m'arriva lorsque je voulus visiter la Sicile. »

XXIV

L'Ecueil de Carybde.

— Au large, mariniers, au large ;
Voici Carybde à la gueule béante !
Au large, mariniers !
Complainte Calabroise.

Et si vous voulez du nouveau,
En voici, mes gentilshommes.
TABARIN.

I

Bassompierre, après s'être recueilli quelques instans, perdit tout à coup son ton rieur, son allure cavalière; l'expression de son visage, de bouffonne qu'elle était, devint sombre et poé-

tique; évidemment son esprit se reportait à
quelque catastrophe épouvantable, car son
front se contracta fortement, et l'on eût dit
qu'il était en proie à un sentiment de crainte,
lui, le hardi maréchal, l'aventureux soldat qui
fit si bien au fameux siége de la Rochelle. Enfin,
après le repos nécessaire à tout narrateur, il
commença d'une voix moins assurée que de
coutume le récit suivant :

« Il s'agit, messieurs, du plus terrible épi-
sode de ma vie. Quand il se retrace à ma pensée,
je ne suis pas maître d'un frisson douloureux;
et pourtant que le commencement en fut beau !
comme j'aspirai de belles fleurs embaumées !
— Mais tout cela s'engloutit dans un profond
abîme, et je me trouvai au milieu d'une nuit
désolée en face des horreurs de l'éternité !
Ecoutez-moi, et voyez jusqu'où peut aller la
créature humaine quand la jalousie la pousse à
la vengeance.

« A l'extrémité des mers enchanteresses de

l'Europe méridionale, sous un ciel d'azur et
de flamme, se dresse un immense et sublime
amphithéâtre, dominant à l'Orient les pointes
dentelées de la Calabre citérieure, le golfe de
Tarente, l'Ionie; et vers le sud, les grèves
arides et les monts bleuâtres de l'Afrique sep-
tentrionale. Ce sublime amphithéâtre, placé là
pour isoler deux mondes, c'est la Sicile.

« Berceau des dieux de l'antiquité poétique
et des grands poètes, théâtre sanglant des
guerres les plus acharnées, patrie réelle ou patrie adoptive des plus fameux artistes grecs, la
Sicile, malgré les nivellemens opérés chez elle
par le catholicisme, et malgré la décadence où
l'ont jetée les barbares, a conservé des restes
de cette splendeur qui la fit nommer *délicieuse*
entre les plus grandes nations.

« L'ivresse des sens et de la pensée, l'amour
effréné des spectacles, des cérémonies pom-
peuses, un besoin impérieux des grandes lignes
architecturales inondées de soleil, la vie voluptueuse pleine de molles rêveries, une imagina-

tion inquiète, fataliste, aventureuse, tout cela
est resté dans le caractère des Siciliens. Aussi
notre vie, à nous autres peuples du septen-
trion, leur semblerait-elle accablante de mono-
tonie. Semblables aux peuples de l'Orient, leur
langage est éblouissant d'images; ils sont tous
plus ou moins poëtes, et, comme les poëtes, ils
embrassent toutes choses avec exagération.

« Messine, la bien-aimée ville du Phare, baigne
ses pieds de marbre dans les vagues bleues de
la mer Thyrrhénienne. Bâtie en amphithéâtre
sur le versant des monts Pélores, elle semble
abaisser un superbe regard de souveraine sur
la Calabre, où l'on voit poindre la blanche Reggio, San-Giovanno-Campanile; et, toute fière
de sa magnificence, elle se contemple dans les
eaux limpides d'une rade aussi vaste que majes-
tueuse.

« Ses larges rues, nommées *Contrada*, sont
bordées de maisons neuves, édifiées à l'espagnole, prodigalement enrichies de balcons, ou-
vragés en fer, qui produisent des perspectives

infiniment gracieuses. Dans le milieu du jour,
quand la chaleur commence à devenir excessive,
les dames restent sur ces balcons encombrés
de fleurs éclatantes, de guirlandes de verdure
interceptant les ardens rayons du soleil, et alors
elles font la conversation d'un palais à l'autre,
ou échangent des sourires avec les cavaliers qui
passent. — Puis les rues deviennent désertes,
peu à peu les tentures des balcons s'abaissent,
les lits de fleurs sont délaissés, la voluptueuse
Messine s'endort, et les belles Siciliénnes ren-
trent dans leurs frais et mystérieux boudoirs
pour y sommeiller, y rêver d'amour ou s'abandonner à la molle et séduisante langueur *del
dolce far niente.*

« Telle était la peinture qu'on m'avait faite
de la Sicile, à moi jeune homme de vingt-trois
ans; j'étais alors à Naples, attaché à l'ambassadeur, vivant d'enthousiasme et de poésie, songeant aux grandes choses de la vieille Grèce,
songeant aussi que les Siciliénnes sont les plus
belles femmes de la terre et les plus amou-

7

reuses. Or, je vous le demande, messieurs les
gentilshommes, lequel d'entre vous aurait ré-
sisté au désir de faire quelques centaines de
lieues, de désobéir au prince et de hasarder sa
vie pour aller respirer sous ce ciel l'amour et
une vieille atmosphère de liberté ?

II

« La Calabre, gouvernée par les rois de Naples, était en guerre avec la Sicile, échue en par-
tage à la maison d'Aragon. C'était une guerre
acharnée, meurtrière, digne des temps barbares.
Les Siciliens, surtout, avaient en horreur leurs
rivaux du continent, et le nom napolitain ne
se prononçait jamais sans qu'on y ajoutât l'épi-
thète flétrissante de *codardo*, LACHE (1).

---

(1) Le désespoir de la conquête n'a pas abattu le caractère
ferme et fier des insulaires. Deux siècles se sont écoulés, et ils
sont extrêmement incivils, et avec raison, envers leurs seigneurs
suzerains.

« Un jour, à l'heure de midi, comme les
balcons du Corso de Messine devenaient déserts,
on entendit résonner le léger sabot de plusieurs
mules sur les larges dalles en lave des contrada,
et tout aussitôt plusieurs tentures flottantes se
soulevèrent sous des mains potelées, d'une
blancheur aristocratique, et deux ou trois ravis-
santes têtes de femmes apparurent au milieu
des fleurs, brillantes perles au milieu d'une
parure splendide, pour voir quels étaient les
cavaliers assez audacieux pour oser affronter à
cette heure le soleil du Corso.

— « Marchesa, dit une des jeunes curieuses
en s'adressant à une dame dont le balcon sur-
plombait le sien, je cherche à deviner quel est
le cavalier assez peu soigneux de ses mains et
de son visage, pour promener sa noble personne sous un ciel dévorant, à cette heure où
nul ne le verra.

— « C'est peut-être un chevalier errant, comtesse, répliqua la dame avec un malin sourire,
un rival du fameux don Quichotte de la Manche;

c'est peut-être le roi des amoureux qui vient
abaisser sa valeur aux pieds de votre renommée, belle veuve.

— « N'importe, répliqua la jeune comtesse
avec vivacité, raillez tant qu'il vous plaira,
Dolorès, mais assurément, au beau panache
qui flotte sur son chapeau, je le tiens pour bon
gentilhomme ; seulement, ajouta-t-elle avec
une merveilleuse indolence, il doit avoir les
mains et le visage noirs comme un Maure de
Barbarie, — et c'est dommage.

— « Saint Jacques vous soit en aide, ma gracieuse ! comme votre imagination fait des gentilshommes ! Certes, en ma qualité de marquise
de vieux sang chrétien, je n'engagerai pas le
roi Alphonse à vous revêtir de la charge de
généalogiste ; vous nous gâteriez, ma chère.

— « Vous me faites vraiment bien rire, vous
autres grands d'Espagne, avec vos ordres, vos
chapeaux, vos titres et votre vieux sang chrétien, dit la malicieuse jeune veuve ; à vous en-

tendre, vous êtes plus nobles que le pape et
ses quarante cardinaux.

—« Je le crois bien, ma mie, répliqua fièrement l'orgueilleuse Aragonaise; le pape est fils
d'un chaudronnier de Viterbe, et quant à ses
cardinaux.....

—« Ils sont tous nobles comme des empe-
reurs, répliqua la veuve, car deux de ces émi-
nens seigneurs président l'Inquisition.

« Ce mot, jeté à dessein, fit peur à la marquise qui devint toute pâle, et refoula dans son
cœur la parole mordante qui errait déjà sur
ses lèvres.

—« Eh bien! n'est-ce pas un gentilhomme?
fit l'autre toute fière.

—« Un beau gentilhomme, ma foi! armé en
paix, et juché sur une mule toute pacifique,
dit une voix railleuse partie d'un balcon voisin.

« La comtessine osa risquer son teint merveilleusement velouté pour voir l'insolent in-
terrupteur, et sa voix retourna mordante et
acérée vers ce balcon :

—« Il vous sied mal, dit-elle, de railler les
cavaliers à mules, seigneur Ruggier; on peut
parfois enfourcher monture plus humble, et
choir de moins haut.

« Or, le seigneur Ruggier avait naguère ré-
galé les habitués du Corso d'une chute d'âne
de Calabre des plus bouffonnes.

« Il mordit sa langue, dévora son dépit, et
se tut comme un enfant qu'on gourmande.

« Ce Ruggier était un homme vigoureux, à
l'encolure nerveuse, aux traits fortement prononcés. Ses longs cheveux noirs retombaient
rudes et heurtés sur un front étroit, sa barbe
était taillée avec un soin extrême, sa mise des
plus recherchées, mais son œil noir, enfoncé
sous d'épais sourcils, imprimait à sa physionomie quelque chose d'odieux.

« Cet homme, Napolitain réfugié, avait une
passion profonde pour la jeune veuve qui joi-
gnait à la haine nationale une antipathie per-
sonnelle dont l'homme d'outre-mer avait eu
plusieurs fois à se plaindre, et prodigieusement.

Mais Ruggier était d'une ténacité rare, et la ténacité est aux yeux des sots un gage de triomphe.

« On vit alors apparaître une humble caravane. Un guide de Spadafora, un vrai corsaire, bronzé par le soleil, pieds nus, vêtu à peine, ouvrait la marche comme le chamelier au désert, et derrière lui, venait un homme suivi de son valet.

« Le chef de la caravane avait certes bien l'air d'un gentilhomme au dire de quelques difficiles ; c'était un cavalier aux allures audacieuses, quoique son visage fût celui d'une jeune fille ; ses yeux bleus avaient l'expression amoureuse, et son chapeau à plumes se penchait coquettement sur sa joue droite, recouvrant avec grâce une magnifique chevelure blonde. Sa mise était celle d'un voyageur venu de pays lointains ; et, bien qu'il parût accablé de fatigue, on devinait aisément qu'il fréquentait la cour.

— « *Santa Madonna ! chè bel cavaliere !* s'écria la jeune comtesse en avançant sa tête, et mê-

lant ainsi les ondes brillantes de ses cheveux
noirs aux jasmins et aux roses du balcon.

« Le voyageur, à cette exclamation flatteuse,
releva la tête et remercia par un sourire,
puis il continua sa route, non sans regarder
encore le balcon de la belle veuve. Le hasard
le servit. Le guide le conduisit à la *Locanda del
Can'Grande,* située à peu de distance de l'autre
côté du Corso.

« Les courtines des balcons retombèrent, et
Messine s'endormit; la marquise Dolorès alla
faire la sieste en songeant à ses aïeux illustres,
Ruggier dévora son dépit et sa passion malheureuse, tandis que la jeune comtesse invoquait
vainement le sommeil ou le repos. Le séduisant
cavalier au doux sourire était toujours là plon-
geant son âme impressionnable et chaleureuse
dans des rêveries adorablement belles, et sans
cesse renaissantes.

« Cette jeune femme s'appelait Engracià;
son revenu dépassait deux mille *oncia* d'or; elle
avait vingt ans, des yeux pleins d'amour, une

grâce de fée. On eût dit que la nature l'avait
créée pour épargner des frais d'imagination aux
poètes; c'était une vraie héroïne de roman. Elle
avait des mains blanches et des doigts déliés à
désespérer le vieil et sublime Titien; un esprit
singulièrement apte à toutes choses, une grande
bonté de cœur, beaucoup de désinvolture dans
les manières, un caractère fier, plein de feu, de
liberté, d'enthousiasme. C'était une femme
unique, car son mari avait eu la prévenance de
se faire tuer en duel, par un inconnu, trois
jours après ses noces.

« Telle était au physique et au moral Engracia
la Sicilienne.

III

« Pendant plusieurs jours, le cavalier aux
blonds cheveux parcourut les larges contrada
de Messine, visitant les monastères et les églises.
Il était seul dans ces excursions, et, nul Sicilien ne le connaissant, il eut bientôt défrayé

les entretiens des plus élégans casins. Mais ce
qui contribua surtout à attirer sur lui les regards de la cité du Phare, c'est qu'à l'heure
de la sieste, quand le Corso était désert, il ne
manquait jamais de se diriger vers l'extrémité
de la marine pour voir encore la jeune femme
enthousiaste. Comme il semblait affronter le
soleil avec assez d'insouciance, on devina par
là qu'il était étranger : un noble Sicilien ne
sortant jamais dans le milieu du jour. — Cette
supposition une fois accréditée, ce fut à qui
ferait le plus de *galanteria* au bel étranger.

« Les prévenances les plus flatteuses, l'ac-
cueil le plus amical, distinguent les Siciliens
des autres peuples méridionaux ; une bienveil-
lance pleine d'enthousiasme est le point dominant de leur caractère ; et, chose rare, le
peuple imite en cela les plus grands seigneurs,
montrant comme eux un désintéressement sans
bornes ; cela est d'autant plus à remarquer,
que tous les peuples de l'Orient sont d'une cu-
pidité odieuse. Cependant le Sicilien n'est pas

hospitalier, prenez-y garde; il ne vous ac-
cueille, ne vous choie, ne vous oblige que sur
la place publique, à la sorbetterie ou dans le
casin; l'étranger n'est pas volontiers admis
dans la famille; on dirait, à propos de l'intérieur de la maison, que les traditions des
mœurs arabes se sont perpétuées là, que c'est
un sanctuaire dont il ne faut pas soulever le
voile. La jalousie sans doute, ce terrible aliment des âmes passionnées, a fait naître cette
anomalie singulière. Ainsi un Sicilien que
vous croyez votre ami dévoué, qui ne vous
aborde jamais en public qu'avec les démons-
trations d'une affection indéfinissable, que vous
avez vu les yeux animés de continuels sourires, restera froid si vous l'allez visiter, sera
gauche, et le plus souvent ne vous recevra
que dans son antichambre; entraînez-le dehors, à la Marine, au Corso, et le voilà heureux, retrouvant ses allures joyeuses de la
veille, et se soumettant, si vous en avez la

moindre envie, à vous porter sur ses épaules
de l'autre côté du Phare.

« Cette disposition de caractère fit que le
jeune étranger eut bientôt des amis qui vantè-
rent son esprit, son instruction, ses gracieuses
manières, et son nom retentit bien souvent sous
les splendides lambris d'Engracià.

« Dans les pays que le soleil dévore, les nuits
sont enchanteresses; la nuit, c'est le ciel,
c'est la vie, c'est le bonheur! — O Sicile heureuse! qui n'envierait les nuits de tes fêtes !

« Un soir, la vieille et superbe basilique
normande étincelait des feux de mille cierges;
la rue des Aragons, le Corso étalaient à leurs
balcons inégaux des girandoles de lumières ;
le peuple se pressait par la voie; les manteaux
brodés, les capes élégantes, les chapeaux à
plumes ondulaient dans la multitude; les dames
même, avec leurs somptueuses robes de velours
et de brocart se dirigeaient aussi vers *il duomo*
(la cathédrale); car c'était la fête de la Made-

laine, l'adorable pécheresse, leur sainte favorite dont elles imitent, autant que possible, les
jeunes et voluptueuses années.

Engracià, toujours songeant à l'étranger,
errait par le Corso avec la marquise Dolorès,
escortées toutes deux d'une demi-douzaine de
grands diables de laquais armés, capables d'é-
pouvanter le Saint-Office, lorsque la foule poussa
un long rugissement de joie, oscilla comme les
vagues, battit des mains, puis redevint aussitôt
silencieuse, se recueillit et finit par entonner un
cantique. Alors on vit s'élever au-dessus de cette
immense multitude, à la lueur des flambeaux,
l'image colossale d'une femme couverte d'ori-
peaux à paillettes, la tête ornée d'un cicle d'or;
le visage était d'une beauté merveilleuse, et l'artiste avait su empreindre sur cette physionomie, une haute expression de tristesse. C'était
l'image de la Madelaine.

« Le peuple, en voyant sa sainte si belle et si
bien parée, voulut la voir de plus près; chacun
débouchait dans le Corso, on s'y étouffait, les

hommes juraient, les stylets trouaient les pour-
points et l'étoffe humaine, les femmes pleuraient,
criaient, suppliaient; bref, il arriva un refou-
lement si terrible, que la belle comtessine se
trouva subitement séparée de la marquise, de
ses six laquais, et sans pitié, on la foula aux
pieds.

« Ses cris d'angoisse émurent un gentilhomme; il écarta violemment la multitude,
releva la jeune veuve, la protégea, l'entraîna
dans une rue adjacente, à l'abri de tout péril,
et lorsque la belle Sicilienne rouvrit les yeux
et voulut remercier son libérateur, elle s'écria
d'une voix vibrante :

— « *Madonna santissima! il straniéro!*

« C'était en effet le mystérieux étranger qui
l'avait sauvée.

« Il la reconduisit à son palais d'où il ne
sortit que fort avant dans la soirée. Un homme,
le visage caché dans son manteau, se tenait
sur un montoir de l'autre côté du Corso, en
face du balcon d'Engracià. La nuit étant fort

noire; il put suivre impunément l'étranger jusqu'à son hôtellerie; et, sachant alors quel était
le mortel si favorisé de la comtessine, l'homme
au manteau poussa une exclamation sourde et
ne prononça qu'un mot, les dents serrées :

— « Déjà ! dit-il.

« Cet homme, c'était le Napolitain Ruggier.

IV.

« Le lendemain, le jeune cavalier se présenta chez la comtessine et ne fut pas reçu.
Cependant elle l'aimait, cette femme; mais
quoiqu'elle fût, ainsi que nous l'avons dit,
d'une nature éminemment rieuse, folle et passionnée, elle avait peur de l'amour qu'elle ne
connaissait pas : peut-être avec une expérience
plus grande aurait-elle encore agi de même,
je n'en sais rien, messieurs, et je n'essaierai
point de vous l'insinuer. C'est de la diplomatie
de femme.

« Comme le voyageur était entreprenant et

non des moindres, il ne se rebuta pas, il revint, prodigua de l'or aux dariolettes, aux ca-
mérières, folâtra avec elles; il était beau, on
parla pour lui, on ne s'entretint plus que de
lui, Engracià n'y put tenir, et son boudoir
splendide s'ouvrit une seconde fois pour l'étranger. Mais d'où venait-il, cet homme? quel intérêt l'amenait en Sicile?

« Ses yeux passionnés cherchaient à lire dans
les regards de la comtesse ce qui se passait au
fond de son âme, quand elle lui dit d'un air
embarrassé :

— « Votre arrivée mystérieuse dans notre île
donne singulièrement à penser à tout le monde,
seigneur; si vous n'avez rien à redouter, croyez-
moi, divulguez-vous vite, car le soupçon ca-
lomnieux s'élève déjà sur votre personne.

— « Ah! s'écria-t-il en riant, je suis si fou que
je ne pensais qu'à mon bonheur présent.

— « Vous avez donc du bonheur, vous?

— « Ah! par la madonne! ne prenez point cet
air de doute, je vous en supplie, comtesse; mes

yeux ne vous ont-ils pas déjà dit que je vous aime, et c'est même du bonheur que de vous aimer sans espérer de l'être.

« La jeune femme ne répondit pas à cette parole si brusque et si passionnée.

— « C'est la curiosité seule qui m'a amené ici, reprit le gentilhomme; j'ai été envoyé en mission diplomatique à Naples; et, comme la renommée de beauté des dames siciliennes est grande à la cour de mon souverain, j'ai voulu venir jusqu'ici pour m'en assurer.

— « Mais vous avez risqué votre vie pour une chose douteuse, curieux imprudent, répliqua la comtesse avec un sourire encourageant; et quand il vous faudra songer au retour ce sera pire encore pour traverser le détroit; les Calabrois sont sans pitié...

« L'étranger devint tout à coup soucieux, mais cela ne dura guère, et son front se rasséréna vite.

— « Ne songeons pas à cela; le chagrin ne se fait point assez prier pour nous venir assié-

ger sans que nous lui fassions encore des avan-
ces; ici je suis heureux, j'y reste. J'ai pour
nom Francesco, je suis bon gentilhomme
de France; ma patrie est loin, nul ne m'y
pleure, et je suis éperdument amoureux de
vous, comtesse!

« Il mettait tant de vivacité dans ses discours,
tant d'originalité dans ses dires, et ses manières avaient une telle franchise, que la belle
veuve finit par le croire....

« Et si bien elle le crut, que si les veuves peuvent faire supporter le péché d'amour à leurs
époux absens, l'âme du bon trépassé dut singulièrement gémir.

« Notre audacieux gentilhomme quitta sa
dame amoureuse fort avant dans la nuit, pour
sauver l'apparence et ne point noircir la réputation sans tache de la comtessine; il suivit le
Corso dans la direction du Phare afin de regagner son hôtellerie par la Marine. Comme il
passait devant l'église de Saint-Julien des Espagnols, une ancienne mosquée ravissante, il en-

tendit marcher rapidement derrière lui ; il
pressa le pas, mais inutilement, car avant qu'il
fût parvenu à l'extrémité de l'église, un bras
vigoureux le frappa d'un coup de poignard...

« Ce Francesco n'était pas moins raffiné
d'honneur que raffiné d'amour ; légèrement
blessé, grâce à son manteau, il se dégagea bellement, tira son épée, mit en fuite l'assassin et
put rentrer dans sa locanda.

« Le jour suivant, Engracià se mit en vain
au balcon à l'heure de la sieste. Le Corso resta
désert. Pour la première fois depuis son arrivée à
Messine, les pas du jeune cavalier ne résonnè-
rent point sur les larges dalles. Peu à peu l'inquiétude succéda à l'étonnement dans l'esprit
de la comtesse, puis ce fut un violent effroi, car
elle aimait ardemment déjà Francesco cette
Sicilienne..... et un jour entier s'était écoulé
sans qu'elle le vît !

« Le soir elle ne voulut pas sortir, mais elle
envoya sa dariolette, sa confidente, à la Marine, promenade favorite des nobles. —La jeune

commère revint sans avoir aperçu le beau gentilhomme.

« Ce furent alors des pleurs amers, des lamentations; elle se crut abandonnée; la jalousie s'alluma dans son sein, la rage dans son esprit; elle murmurait des paroles de vengeance, quand le tintement sec d'une sonnette et les pas de deux hommes la firent tressaillir.

— « Ah! s'écria-t-elle; j'étais injuste; j'étais folle !

« Et toute joyeuse, respirant à peine, elle se leva, le sein palpitant, à peine vêtue; sa magnifique chevelure était en désordre, ses yeux humides de larmes.

« Un valet souleva la courtine de brocart et annonça :

— « Don Ruggier.

— « Ce n'était pas lui ! murmura-t-elle.

« La comtesse atterrée, anéantie, voulut s'enfuir; mais, semblable à ces statues antiques qui ornaient les portiques des villes grecques ou

romaines, elle resta immobile, la bouche ouverte.

— « Quel trouble, comtesse! dit le Napolitain
avec un calme dédaigneux. Je vous demande
pardon, signora, ma visite ne sera pas longue,
mais j'ai à vous dire des choses importantes.

— « Est-ce de *lui*, signor Ruggier? s'écria-t-
elle avec angoisse.

— « De lui! de qui donc voulez-vous parler?
répliqua-t-il avec ironie.

— « Ah! je ne sais ce que je dis, baron;
tenez, laissez-moi; vous venez à une heure
à laquelle je ne reçois pas d'ordinaire. Je
suis aussi un peu malade, et j'allais me mettre
au lit.

— « Ah! fit-il du ton le plus insultant,
vous oubliez, madame, que je demeure à vingt
toises de votre palais..... que nos balcons se
touchent.

— « Oui, sans doute, seigneur.

— « Vous oubliez qu'un homme.....

— « Je sais tout cela vraiment, répliqua-t-

elle, et je ne crois pas que ces choses vous
donnent le droit de venir m'insulter chez moi,
— car vous m'insultez !

— « Je n'ai sans doute aucun droit sur votre vertueuse personne, gracieuse comtesse,
répliqua-t-il, mais j'ai voulu vous dire que
don Francesco n'est sorti de ce boudoir que ce
matin, un quart d'heure avant le jour.

— « Vous mentez, Ruggier ! s'écria-t-elle
les yeux hagards.

— « Ha ! fit-il, avec son étrange sourire ; vous
avez la réputation d'une femme inconséquente,
madame ; mais celle de l'impudicité vous manque encore. Patience, et vous l'aurez, par
saint Janvier ! c'est moi qui vous la ferai....
avec votre aide.

— « Signor Ruggier, sortez, ou je vous fais
chasser par mes valets !

« Alors, comme Engracià se disposait à son-
ner, le Napolitain lui saisit le bras :

— « Je vous punirai de vos dédains, comtesse,
lui dit-il ; vous avez dix fois repoussé mon

amour avec une légèreté inqualifiable ; j'aurais
pardonné à la haine, parce qu'on ne peut pas
aimer tout le monde ; mais votre conduite a été
odieuse !... Puis un étranger arrive à Messine,
un espion, peut-être, et déjà vous le recevez
mystérieusement.... Prenez garde, madame !

« Il allait se retirer, le cœur gros de vengeance, mais la porte de l'appartement s'ouvrit avec brusquerie et le laquais annonça don
Francesco.

« A ce nom, Ruggier pâlit, et ses yeux se
fixèrent sur un miroir qui lui permettait de voir
tous les mouvemens du jeune gentilhomme.
La comtesse, cruellement agitée de la scène me-
naçante du Napolitain, inquiète de voir en présence ces deux hommes, ne trouva d'abord
rien de mieux que de jouer la raillerie ; mais
quand ses yeux s'arrêtèrent sur Francesco, debout devant elle, ses lèvres devinrent subitement glacées, et elle poussa un cri.

« Une pâleur mortelle était répandue sur tous

les traits de don Francesco, et son bras était
soutenu par une écharpe.

— « Sainte Vierge! qu'avez-vous donc seigneur?

— « Oh! rassurez-vous, madame, répliqua
Francesco en souriant; ce n'est qu'une égratignure; hier au soir, un peu tard, en me promenant, j'ai été assailli près de la mosquée par
un homme qui m'a frappé d'un coup de poignard; mon manteau m'a préservé, Dieu merci!
et j'en ai été quitte pour garder le lit tout le
jour.

— « Qui vous a frappé, seigneur? dit la jeune
femme en fixant ses regards sur Ruggier; avez-
vous vu l'assassin?

— « Un marinier ivre, je pense, qui m'aura
pris pour son rival.

— « Et moi je crois, répliqua Engracià avec
désespoir, je crois que c'est quelque bravo
payé par un lâche! N'êtes-vous pas de mon avis,
signor Napolitain? dit-elle à Ruggier.

— « C'est possible, répondit-il froidement ; cela arrive tous les jours.

— « Au reste, ajouta Francesco en riant, ce *bravo* n'est pas brave, car il s'est contenté d'un coup porté par derrière, et je n'ai pu lui donner en riposte qu'une cinglade d'épée à travers la figure, à peu près comme lorsque je cravache mon chien.

« La comtesse examina aussitôt Ruggier ; et, soit que son imagination fût frappée, soit que ses yeux ne la trompassent point, elle crut apercevoir une frange bleuâtre sur la joue du Napolitain.

« Malgré son embarras, il ne quittait pas la place. Engracià comprit sa pensée, et, le regardant avec une expression singulière d'ironique mépris, elle laissa tomber ces paroles :

— « Puisque le soir les rues de Messine sont si peu sûres, je ne veux pas que par affection pour moi vos existences soient exposées, nobles seigneurs.

« Et elle sonna rapidement.

— « Que Paolo et Bertuccio viennent ici avec leurs hallebardes.

« Les deux valets parurent armés, semblables aux Romains des tragédies de M. Corneille, et la comtesse dit à Ruggier, avec un sourire indescriptible et ce ton vibrant d'une femme qui se venge d'une manière éclatante :

— « Suivez ces deux hommes, signor Napolitain, ils sont sûrs ; et, dès que vous aurez regagné votre palais, renvoyez-les moi pour que je puisse rendre le même service à ce gentilhomme afin de lui éviter les assassins. —Allons, Paolo, conduis le seigneur Ruggier.

« Ruggier, furieux, terrassé par la subtilité d'esprit de cette femme, sortit sans prononcer une parole.

— « Voilà un moyen original pour faire quitter la place à un importun, dit en riant Francesco ; mais assurément il mérite cela, comtesse, car je n'ai jamais vu manant plus mal élevé.

— « Ah ! s'écria-t-elle, vivement, c'est.....

« La crainte d'un duel à mort lui fit peur ;
elle renferma dans son sein le fatal secret qui
la rongeait.

— « C'est un homme du continent.... *un'
Napolitano*, reprit-elle.

— « Et, dans la bouche d'un Sicilien, *un'
Napolitano* est la plus haute expression du mépris humain.

— « Mon noble Francesco, mon beau gentilhomme, reprit ensuite la comtesse en l'attirant
vers elle, que Dieu vous garde !

— « Et vous aussi, ma séduisante, car je
suis ici dans un ciel !

« Engracià le crut, ou peut-être elle eut
peur d'un nouveau brave, car Francesco ne la
quitta que le lendemain, au beau milieu de
la sieste, quand la voluptueuse Messine fut complétement endormie.

V

Cinq jours après ces événemens, Dolorès, la

fière *Marchesanà*, réunissait dans les vastes
salles de son palais presque toute la haute noblesse messinoise. Engracià était l'âme de cette
réunion ; et l'on voyait aussi, au milieu de ce
monde joyeux, la physionomie rieuse et piquante de Francesco en regard de la sombre
et sinistre figure du Napolitain Ruggier : le
contraste était des plus marqués. Après la musique, on causa. Les Siciliens ont conservé de
la domination arabe l'amour des histoires tra-
giques ou merveilleuses : c'est une phase remarquable de leur caractère qui est essentiel-
lement épique. On entend des récits dans les
palais comme sur les montagnes en cheminant
avec les muletiers ou les campieri. (1)

« Ruggier, jusque-là fort soucieux, inter-
rompit tout à coup le narrateur et prit la
parole :

---

(1) Ce sont des espèces de gardes qu'on prend dans les villes
pour servir d'escorte. Ils marchent bravement, la carabine en
travers sur leur mule, et vous font oublier la longueur des
marches et le danger par d'interminables récits.

— « A propos de vengeance, dit-il, je sais
une histoire bien étonnante et bien tragique :
il s'agit d'un mari jaloux.

— « C'est une vieille invention qui remonte
aux kalendes grecques, et même au-delà, je
pense, répliqua le gentilhomme, son heureux
rival.

— « Si vous le permettez, monsieur l'étranger, répliqua Ruggier avec une incroyable
froideur, je vous dirai cette histoire, et vous
serez forcé de reconnaître que le moyen est
original.... et neuf surtout.

« Engracia fit un signe presque imperceptible
à Francesco, qui se tut.

« Je ne sais s'il y a long-temps, reprit
Ruggier, les dires singuliers n'ont point d'âge;
mais n'importe. Un mari ou un amant, je ne
sais lequel encore; supposons que ce soit un
mari, ce mari s'aperçut que sa femme avait eu
des intrigues avec un gentilhomme étranger;
les surprendre ensemble et les poignarder était
un moyen bien vieux et peu terrible, il n'y son-

gea pas et voulut une vengeance plus grande.
Le Phare de Messine fut le lieu de la scène.

— « Ah! firent en riant tous les assistans,
cette histoire aura du moins pour nous un intérêt local.

« Le Phare est, comme vous le savez, fameux par ses nombreux écueils, reprit Ruggier; Garybde a surtout une célébrité immor-
telle; sans doute c'est quelque volcan éteint
dans lequel s'est formé un gouffre où l'onde
tournoie, et cette onde engloutit tout ce qui
s'arrête à sa surface;

« C'est le plus terrible des abîmes! Notre
mari fit naître l'occasion d'une promenade
en barque; la dame et son amant se confièrent
à cet homme, non moins perfide pour eux que
les ondes du Phare, et les voilà causant, riant,
devisant, et se moquant probablement du mari
débonnaire. La côte de Calabre était déjà bien
loin derrière eux; ils allaient, ils allaient,
quand, ayant aperçu une barque toute frêle,
le pilote changea de route et tourna sa voile

vers cette barque. Un grand espace tout plan
se trouvait à quelque distance, les vagues venaient mourir, impuissantes, au bord de cette
surface unie, d'un bleu pâle, et l'on eût dit
qu'elles craignaient de mêler leurs eaux à ces
eaux tranquilles; — les alcyons, ces hardis oi-
seaux, ne s'y arrêtaient jamais, et les naviga-
teurs passaient toujours au loin avec crainte.
— C'était le célèbre gouffre de Carybde!

— « Eh bien! dit une voix tremblante.

« Parvenu au bord de l'abîme, d'apparence
si calme, le mari pousse un cri, les rames
tombent des mains du *marinaro*, et tous deux
se jettent à la mer et se dirigent vers la
petite barque qui les reçoit. A vingt toises de
là, il y eut une scène horrible, pleine d'angoisses, la barque, envahie sur le gouffre béant,
tournoya pendant quelques secondes sur elle-
même avec violence et sombra.....

— « C'est une vengeance atroce! s'écria Engracià tout effrayée.

— « Trouvez - vous maintenant l'invention

vieille comme les kalendes grecques, monsieur
l'étranger? dit Ruggier à Francesco.

— « Elle est digne....

— « Digne d'un Napolitain, s'écria la comtesse avec véhémence. Vous nous avez dit que
cela s'était passé en Calabre, et d'ailleurs, un
Sicilien ne se vengerait pas ainsi !

— « Oh ! répliqua Ruggier d'une voix con-
centrée, vous abusez singulièrement, madame,
de votre privilége de femme, de veuve et de
fille unique !

« Francesco se levait pour répondre, quand
des cris bruyans et joyeux partis du Corso vinrent faire épanouir toutes ces physionomies
expressives, contractées par l'histoire cruelle
du Napolitain :

— « Voici les barques prêtes pour la *pêche
de nuit*. Venez, excellences, les brasiers sont à
la proue ; venez, excellens seigneurs, venez
voir la pêche de nuit !

— « Ah ! s'écria Engraciä qui retrouvait
toute sa joie ; quel plaisir nous pourrons vous

procurer, seigneur Francesco! Dès ce soir même
je veux assister à cette fête.

— « Nous irons tous !

— « Oui, oui, vite des barques.

— « Je me laisserai guider par vous, comtesse, dit Francesco ; pour cette nuit, nous
changerons de rôle.

— « Soit, mon gentilhomme.

« Nul ne remarqua que Ruggier avait quitté
les salons d'un pas rapide et l'œil tout radieux....

VI

« Mais je dois vous dire un mot de cette
pêche curieuse, messieurs, s'écria tout à coup
Bassompierre en interrompant son récit, cela
servira d'ailleurs à l'intelligence de cette histoire : Au mois de juillet, dès que la nuit
tombe, on voit dans le grand port de Messine
et jusque vers le petit Phare, un nombre infini
de barques illuminées qui glissent sur les eaux
comme des feux follets ; voici de quelle ma-

nière procèdent les Siciliens : A la proue de la
barque on attache un réchaud rempli de mor-
ceaux de bois résineux qui jettent de vives flammes comme un fanal ; le poisson accourt à cette
lumière, et le chef de la barque, debout à côté
de ce fanal, lance le harpon. Chaque barque
n'a qu'un pêcheur, mais elle est souvent rem-
plie de dames et de jeunes gens qui causent,
rient, chantent ou font l'amour. — L'amour
surtout a là plus de succès que la pêche, et
c'est vraiment délicieux !

« Maintenant revenons à notre Napolitain.

« La nuit couvrait Messine et le Phare. On
voyait courir au loin sur la mer plusieurs centaines de fanaux qui jetaient de longs sillages
de lumière sur les flots tranquilles et pleins de
fraîcheur. — Engracià montrait une vive impatience ; on partit enfin pour *la Marina*.

« Trente bateliers accoururent en criant de
leur voix rauque :

— « *La bàrca, monsignore ; la bàrca princi-
pessa, la bàrca !*

« Un de ces hommes vint rapidement vers
Francesco, lui vanta fort sa barque, son beau
fanal, ses harpons sûrs, son bras vigoureux, et
le gentilhomme et la comtesse furent bientôt sur
les ondes fraîches et phosphorescentes du Phare.

— « Cette pêche est curieuse, originale, disait Francesco à la jeune femme; mais je l'a-
bandonne de grand cœur à ce damné Ruggier
et à ces autres Siciliens pour ne songer qu'au
bonheur d'être près de toi, ma divine Engracia.
Ne trouves-tu pas que la passion s'augmente,
s'agrandit quand on est isolé de la foule par
une nuit si belle, au milieu de cette mer enchanteresse?... Quelle joie! voilà comme je
comprends la vie voluptueuse, la vie avec tous
les charmes de la poésie, la réalité de la pensée
la plus ambitieuse, — un rêve qui dure toujours.
— Car c'est un rêve que l'amour, un rêve dont
le réveil est le désespoir ou la mort!

— « O Francesco, Francesco, disait la jeune
femme en lui serrant convulsivement la main,
je suis heureuse, bien heureuse!

« Ils oubliaient, ces beaux amans, dans leur
ivresse infinie, qu'ils étaient dans un océan
profond et presque sans rivages. Et le marinaro
allait, allait toujours; seulement, à de fréquens intervalles, il jetait des regards inquiets
sur l'immensité, les reportant ensuite sur son
fanal qui ne laissait plus échapper que de faibles lueurs.

« Tout à coup cette inquiétude se dissipa;
ses rames crièrent plus fortement dans leurs
échancrures; la barque glissait comme un
nuage sous le vent, comme une feuille poussée
par la tempête. Alors une autre barque à
voile sans fanal apparut à quelque distance...

— « *Madonna santissima !* s'écria la comtesse,
que les fanaux sont loin de nous !... J'ai presque
peur.

— « Ne suis-je pas près de toi, chère En-
graciâ! répliqua Francesco ; nous ne devons
avoir d'autre peur que celle d'être séparés un
jour. L'amour doit inspirer du courage.

— « Vois comme la nuit est noire, comme

le ciel est profond, comme les fanaux s'étei-
gnent! Oh! regagnons ma belle Messine! J'ai
peur! j'ai peur!

— « Allons, rame vers le petit Phare, barcajuòlo.

— « Encore! une voix qui semblait venue
du sein des vagues.

« Et le barcajuòlo imprima un mouvement
terrible à sa barque qui lui fit suivre aussitôt
la direction de l'autre, et elle continua de filer
dans son sillage.

— « Quelle est cette voile? dit la comtesse au
marinier avec effroi.

— « Voilà qu'elle s'arrête, vous pouvez le
lui demander, répondit l'homme d'une voix
dure.

— « Ici! cria de nouveau la voix.

« Alors le barcajuòlo se levant debout, jeta
ses rames à la mer, et d'un bond s'élança dans
l'autre esquif qui l'attendait.

« Puis on entendit un ricanement atroce, la
voile abaissée se redressa sous le vent, et l'esquif

vint glisser devant la barque où se trouvaient
les amans, que cette scène commençait à effrayer cruellement.

« Un homme était debout au gouvernail. —
C'était Ruggier, l'infâme Napolitain !

— « Encore ce misérable ! dit la comtesse
avec un pressentiment funeste.

— « Regarde-moi, Engracia, s'écria-t-il en se
dressant en face du fanal, regarde-moi pour la
dernière fois ! dit-il avec un infernal sourire ;
je t'ai promis que je te punirais de tes dédains ;
à mon tour la vengeance, mon orgueilleuse, —
l'heure est venue ; — vous êtes sur Carybde !!!

« La barque, qui tournoyait déjà sur l'abîme,
accéléra de plus en plus sa course ; deux cris dé-
chirans retentirent dans l'immensité, se mêlant
aux hurlemens des vagues ; puis, tant de courage,
de jeunesse et de beauté disparurent, l'abîme redevint calme, ne gardant pas une ride à sa
surface, et la nef du misérable Ruggier reprit
le vent de l'Ionie, glissant comme un pétrel sur

les ondes perfides pour regagner Messine, la
ville bien-aimée du Phare....

« Le lendemain, au lever du soleil, des pê-
cheurs calabrois trouvèrent sur les blanches grèves de Reggio un homme évanoui, qui avait dû
faire de prodigieux efforts pour arriver jusqu'au
rivage; il était dans un état de faiblesse épouvantable; et, quoique les Calabrois brillent peu
par des idées d'hospitalité, ils transportèrent ce
malheureux dans une de leurs cabanes.

« Cet homme, c'était Francesco sauvé par un
miracle de la Providence... ou de l'amour. Quelques jours suffirent pour sa guérison; et, sans
mot dire de cette terrible aventure, il retourna
à Naples, maudissant tout ce qui avait forme
humaine, et revint en France plein de regrets et
l'âme désolée. »

— Pauvre belle Engracia! dit M. de Leuville
avec attendrissement.

— Voilà une vengeance bien cruelle et peu
commune, ajouta le sire de Roiville.

—Pardonnez-moi, monsieur le gentilhomme,

répliqua Bassompierre, je vous ai volé votre
manière de raconter; j'oubliais de vous dire
que Francesco, — c'était moi.

— Je m'en étais douté à la tournure des événemens, dit le fâcheux abbé de Foix en essayant
de bâiller.

— Voyez la perspicacité ! dit le chevalier de
Jars d'un air infiniment railleur; vous avez
manqué votre vocation, mon cher abbé, vous
deviez embrasser l'honorable profession de cri-
tique ou faire des commentaires.

— Votre chère petite personne goudronnée
et musquée, répliqua l'abbé, défraierait volontiers un commentateur. — Je serai le vôtre,
si jamais vous écrivez vos Mémoires.

— Mes Mémoires, bon Dieu ! ce seront les
dernières fleurs de ma rhétorique, et j'espère
bien que vous serez au diable quand je les
écrirai.

— Là, là, point de nouvelle querelle, mes
deux batailleurs, répliqua Bassompierre. Il n'est
pas tard encore, et il me revient à l'esprit une

singulière histoire qui fit grand bruit autrefois
à Séville.

Et comme l'abbé de Foix grommelait toujours, par manière de passe-temps, on lui cria
de toutes parts :

— A la porte, l'abbé, ou du silence.

La paix se rétablit, et le maréchal, d'un air
riant et fort dégagé, commença ainsi l'histoire
de *la Fille de maître Jonathas*.

XXV

La Fille de Maître Jonathas.

> Qui no ha visto Sevilla,
> No ha visto maravilla.
> *Vieilleric.*

« Quand je fus nommé ambassadeur en Espagne, dans mes beaux jours d'amoureux et de grand seigneur, demeurait à Séville un vieux et riche marchand de serge et de galons de soie,

nommé Perez Jonathas. Ce maître Jonathas
avait une fille qu'il appelait Pampinetta ; on lui
donnait dix-huit ans, des yeux d'une splendide beauté, un visage d'ange, des cheveux
flottans et noirs, des mains de reine et des
pieds, des pieds à enivrer de joie un sculpteur
de Pékin ; en un mot, Pampinetta était la perle
de Séville et la merveille de l'Andalousie.

« Aussi, comme ils lui pleuvaient les beaux
amoureux ! comme la rue des Sergiers en
voyait ! Le courtaud de boutique lorgnait du
coin de l'œil et soupirait, les fils de marchands
venaient causer négoce avec l'ennuyeux Jonathas, les avocats lui racontaient leurs causes
célèbres, les officiers leurs grands coups d'é-
pée, et les beaux gentilshommes venaient fièrement faire résonner leurs colonnades ou leurs
carolus d'or, achetant, pour leurs châteaux, des
lits de serge dont ils n'avaient aucun besoin, —
et tout cela pour obtenir un léger sourire ou
voir s'échapper comme une fée la Pampinetta.

« Maître Jonathas était fort vieux, fort riche,

fort avare et fort méfiant. Sa femme avait été
galante, et la Pampinetta, dit-on, en était une
preuve, car elle ne ressemblait que très médiocrement à sa mère, nullement à maître Jonathas et beaucoup à monseigneur Manoël Or-
raa, moine franciscain, beau comme une statue
antique, du vivant de la dame Jonathas confesseur habituel de la maison.

« C'étaient des bruits de dévotes que tout cela,
et maître Jonathas n'en était pas moins persuadé de sa paternité, dont il était fier à fort
bon droit. Il n'y a de vrai que ce que nous voulons qui le soit ; nous sommes tous des aveu-
gles qui nions la beauté des couleurs quand
elles nous déplaisent, de même que nous trou-
vons superbe par contre ce qui est souvent
hideux. Mais Jonathas était amplement pourvu
de bon sens ; et, comme sa fille était belle comme
une étoile, il s'en glorifiait.

« Mais outre ses connaissances en serge et en
galons de soie, le bonhomme savait aussi apprécier la beauté de sa Pampinetta, et il la

couvait des yeux en véritable avare ; il devinait les galans d'une lieue, les dépistait et les évinçait d'un air railleur qui l'amusait prodigieusement.

« On racontait à Séville cent de ses tours étranges ; les beaux esprits satiriques en avaient fait plusieurs *romanceros* bouffons qu'on chantait sur les délicieux rivages du Guadalquivir ; et plus d'un merveilleux de l'Alameida ne passait plus que nuitamment dans la rue des Sergiers, tant il avait de confusion du sourire vainqueur de maître Jonathas.

« Les cavaliers qui tenaient le premier rang entre les princes de la mode et les *privilégiés de l'amour,* étaient les Médina-Celi et les Médina-Sidonia, Pennaflor, Alcantarilla et Trabuxena. C'étaient des magnifiques, des gloires ; eh bien, toutes ces gloires avaient vu leurs rayons s'éclipser tour à tour devant la boutique du vieux marchand de serge ; tous ces grands seigneurs avaient vidé leurs ceintures sur le comptoir de maître Jonathas ; tous lui avaient frappé sur

l'épaule d'un air qui voulait dire : Bonhomme,
nous serions fort flattés de faire alliance de
sang avec toi, bonhomme, ta fille ferait une
maîtresse digne d'un satrape, d'un sultan, ou
même d'un grand d'Espagne. Mais pas un d'eux
n'avait pu dire un mot de galanterie à la Pampinetta, car il fallait à Pampinetta un époux
d'abord et non un amant.

« En arrivant dans Séville la merveilleuse,
tous ces magnifiques devinrent mes amis ; à
cette époque, je ne pouvais en avoir d'autres,
étant moi-même des plus magnifiques, au plus
grand détriment et de ma personne et de ma
bourse. A ma première question sur les belles
Andalouses, tous mes privilégiés d'amour me
parlèrent de la Pampinetta en style de comédie
à la façon de Lope de Véga : c'était une perle
éblouissante gardée par un dragon vigilant et
furieux ; c'était une héroïne de roman de che-
valerie, bref, en style passable, cela voulait
dire que la signora Pampinetta avait la beauté
de toutes les Espagnes, et pour château en-

chanté l'arrière-boutique de maître Jonathas.
— Voilà toute la réalité.

— « Par saint Jacques ! dit le duc de Médina-Celi fort gravement, voilà une conquête
à faire, monsieur de Bassompierre. C'est une
belle fleur que nous vous avons réservée et à
laquelle vous avez bien droit en votre qualité
d'étranger et d'ami de l'Espagne ; nous ne vous
dirons pas de vous en montrer digne, ce serait
vous faire injure. Mais tâchez de vous en faire
aimer.

— « Aimer ! reprit Trabuxena en affectant
une dignité comique, dites plutôt adorer, Médina-Celi.

— « Un dangereux du beau royaume de
France, ajouta Médina-Sidonia, la France,
cette reine des cours galantes et polies, ah !
messeigneurs, il doit y avoir un mot plus ex-
pressif que celui-là. Que n'avons-nous le talent
du grammairien Quévedo, nous pourrions trouver une expression à la hauteur des sensations
de M. le comte de Bassompierre.

« J'entendis encore beaucoup d'autres belles
choses de ces merveilleux d'Espagne, qui ont
d'ordinaire l'esprit léger... comme des Alle-
mands, tout cela par suite de la gravité castil-
lane à laquelle ils ne dérogeraient pas pour
l'empire du monde; et, comme nous étions fort
familiers, je leur dis avec une fatuité des plus
étranges :

— « Vous êtes des paltoquets, mes beaux
fils de Séville! Si votre Pampinetta me plaît,
elle sera mienne en vérité; mais je veux qu'elle
me plaise, entendez-vous. Après cela, je ne
vous demande que trois jours pour souper avec
elle.

— « Vive la France! s'écria Médina-Celi,
vive cette patrie de la présomption! Vous avez
beau dire, mes très chers, moi j'adore les
Français; ils ne doutent jamais de rien, et à
cause de cette grande hardiesse, ils réussissent
toujours. La présomption, voyez-vous, est une
vertu qui mène à la gloire; la présomption,
c'est presque du courage; on ne peut reculer

II.   10

sans déshonneur, quand on a parlé de vaincre.
Oui, vive la France! et vive M. de Bassompierre
surtout; ce digne fils d'une mère si affectueuse
et si exemplaire! Vous verrez qu'avant une semaine, il promènera la Pampinetta couronnée
de roses, la Pampinetta toute belle d'amour
et de parures somptueuses sur les eaux brillantes du Guadalquivir.

— « Et nous vous porterons en triomphe,
beau cavalier, jusqu'à notre Alcazar.

— « Dès demain je commande un costume
pour cette solennité!

— « Gloire au nouveau Thésée! disait Trabuxena.

— « O sublime Arioste! ajoutait Alcantarilla, pourquoi la mort a-t-elle été impitoyable,
quel héros d'amour il te restait à peindre!

— « Avez-vous votre fief ducal à perdre,
Médina-Celi? m'écriai-je impatienté.

— « L'enjeu serait trop gros, comte de
Bassompierre, répliqua l'Andalous avec une

gravité superbe ; vous n'êtes pas assez riche,
mon cher.

— « Duc de Médina-Celi, répliquai-je du
même ton, je puis disposer de six cent mille
écus : c'est une bagatelle pour vous, je le sais,
mais je les engage. Avant deux mois, si la fille
de maître Jonathas n'est pas ma maîtresse, la
France galante sera déshonorée.

— « J'accepte, repartit le duc vivement, et
à votre santé !

— « A l'amour des belles ! Médina-Celi ; et
puisse la fortune me traiter en déesse !

« Nous nous séparâmes ; et, à la nuit tombante, je m'en allai chez maître Jonathas, la
tête haute, l'œil insolent, la bouche railleuse,
avec plus de vanité que d'orgueil, — en véritable
grand seigneur. L'heure était avancée pour le
vieux marchand qui respectait scrupuleusement
les anciennes coutumes, et j'arrivai comme ses
courtauds fermaient les longs auvents rabattus.

« Je pénétrai dans la boutique sans la
moindre hésitation : une petite lampe de forme

antique jetait une bien faible clarté dans cette salle noire, et le peu de lumière fut cause que je n'aperçus pas tout d'abord le vieux marchand qui feuilletait dans un coin le gros registre de ses créances ; mais bientôt sa voix cassée et criarde vint m'avertir que je n'étais pas seul dans l'officine, et je vis, debout, dans une espèce de niche garnie de parchemins, la singulière personne de maître Jonathas.

« C'était vraiment une étrange physionomie que celle de cet Andalous. Il avait de grands yeux noirs, de grands cheveux blancs, fort clairs ; une grande figure, un grand nez et un grand individu. Son front n'avait pas cette vaste dimension ou cette beauté de lignes et de formes qui révèlent une puissante intelligence, et pourtant il y avait quelque chose d'empreint fortement sur ce front, — c'était une ténacité inouïe ! Son sourire n'était pas ce beau sourire si calme et si bon qu'on retrouve sur les lèvres de quelques nobles vieillards. Non, c'était le sourire railleur d'un homme

posé sur un piédestal et qui semble vous dire
à toute heure : Admirez ma finesse; nul ne peut
me tromper. Il avait dans son ensemble tout ce
qui constitue la vénération et la beauté plas-
tique, et pourtant nul statuaire n'aurait voulu
faire revivre ses traits avec le marbre ; et nul
petit enfant, nul être enfin n'aurait éprouvé à
sa vue ces sensations délicieuses qu'on éprouve
en voyant passer une tête inconnue, blanchie
par quatre-vingts hivers.—C'est que cet homme
était tout bonnement un auneur de serge qui
avait un petit esprit, un petit jugement, de
petites haines et de petites passions.

« J'examinai curieusement cette nature vulgaire avec laquelle j'allais avoir à me mesurer ;
la lutte me semblait inégale, et je m'y pris fort
cavalièrement. Que pouvais-je en effet redouter
de ce bonhomme rachitique, de cet être plein
d'orgueil, et qui n'avait, pour alimenter cet
orgueil, que des courtauds imbéciles, des apprentis flagorneurs et quelques boisseaux de carolus d'or. Il est vrai de dire aussi qu'il avait,

au milieu de ses ballots de serge et de rubans,
une merveilleuse enfant ; mais elle était pour
lui comme le soleil, qu'il ne voyait jamais dans
sa boutique ; c'était un astre éblouissant qui ne
jetait sur lui aucune lumière, une flamme vivi-
fiante qui ne le réchauffait pas.

« L'habitude du commerce, les veillées passées à écrire aux lueurs vacillantes d'une mauvaise lampe, à chiffrer, à *barrer* les étoffes des
fabricans pour en retirer le surplus, le boni,
avaient apporté un notable affaiblissement dans
la vue de maître Jonathas, et c'était encore une
chance de plus en ma faveur. En quelques in-
stants j'eus compris tout le caractère de cet
homme. Il était avare, mais son avarice n'é-
touffait pas en lui certains sentimens d'humanité : il faisait volontiers du bien, pourvu que
cela lui fît honneur ; il aimait qu'on vantât sa
grande fortune quoiqu'il démentît sans cesse
les élogistes ; en un mot, c'était une nature
commune, bouffie d'une dose de vanité que
n'aurait pas reniée un prélat ignorant.

« L'ostentation était son vêtement moral, et il y tenait comme pour le physique à son pourpoint d'escot râpé; c'était une nature singulièrement à part, qui se croyait sur un piédestal aussi haut, comme habile marchand de serge, que le bâtard de Charles-Quint, don Juan d'Autriche, comme général d'armée.

« Comme je faisais causer mon Jonathas en le forçant de déployer sa marchandise, on fit un bruit léger dans l'arrière-boutique, qui attira mon attention, et j'aperçus l'Andalouse tant vantée, la Pampinetta! Ayant entendu tomber les lourds auvents de la boutique, elle était accourue, selon sa coutume, pour souper avec son père et ses trop heureux apprentis.

« A coup sûr, Médina-Celi et Trabuxena, et les autres gentilshommes espagnols n'avaient jamais vu la Pampinetta, cette merveille digne des anges! Oubliant en un instant toutes mes roueries de diplomate, oubliant que le bonhomme avait les yeux sur moi, ainsi que tous ses courtauds, je ne vis plus que la jolie fille.

Ah! messeigneurs, quelle adorable créature! il me semble encore la voir, moi vieillard, cette jeune femme! La voici avec son frais sourire, l'œil étincelle d'intelligence, le sourcil noir arqué sur son front de marbre atteste la grandeur de la passion et du caractère; ses lèvres roses, et rebondies, et embaumées, ses dents éclatantes, son maintien nonchalant et gracieux à la fois donnent l'image de la volupté antique; mais à sa peau d'un blanc mat qui cache un sang noir, à cette carnation qui recèle un imperceptible duvet, à ce velouté semblable à celui des plus délicieux fruits de l'Orient, à cette épaule arrondie, polie comme l'albâtre et aussi pure, à ce sein si beau de contours et qui ne se soulève point, qui ne frémit pas encore, on devine que cette fille de l'amour est une vierge! Et puis, elle est si candide, son regard est si chaste, sa démarche si noble! Nulle coquetterie, nulle affectation, pas un vice! — c'est le chef-d'œuvre de la création! Et penser, et savoir que cette enfant était aussi vierge de corps que de

pensée; et pouvoir se dire : Cette merveille,
cette fleur splendide s'ouvrira sous mon souffle;
cette poitrine si tranquille, ce sein de marbre,
se soulèvera, s'animera, quand je lui appren-
drai les voluptés de la vie! Et son œil noir,
perdu sous ses longs cils soyeux, sous ses paupières abaissées, son œil laissera échapper des
flammes amoureuses, scintillera comme une
étoile! Et quand ma voix lui aura dit : Je t'aime!
sa voix, à elle, éloquente comme un magnifique
poëme, enivrante comme une musique de fée,
sa voix murmurera aussi pour la première
fois ces deux mots magiques, ces mots incon-
nus dont elle ignorait la portée; — cri de l'âme,
harmonie ineffable, infinie, qui rattache la
frêle créature de la terre au divin Créateur! —
Et je me disais : Tout ce bonheur, je l'aurai!

« Voilà ce qui se passa dans mon cœur en
un instant; voilà le poëme sublime qui se dé-
roula dans ma tête, là, en face de Pampinetta,
dans la boutique obscure du vieux sergier. La
vanité, je l'avoue aujourd'hui, s'empara de

moi; je jetai une pensée de supériorité mépri-
sante à tous mes beaux cavaliers d'Espagne, et
je dis bravement à mon maître, l'orgueil : Bientôt nous aurons les six cent mille écus de
Médina-Celi, et pour amoureuse, la plus belle
fille de l'Andalousie; — l'Andalousie, cette
terre d'or, de poésie et de soleil, où naquit la
beauté !

— « Allons, Pampinetta, dis à la Calorgne
qu'elle mette sur la table les fèves à l'huile pour
le souper; et vous, garçons, débarrassez-moi
ces comptoirs encombrés; faites vite, il est
tard.

« Voilà comme maître Jonathas me fit sortir
de mon merveilleux songe. Quoi! cette Pampinetta mangeait des fèves à l'huile! pour suivante, elle avait le pendant de la Maritorne du
grand Miguel de Cervantès! et ses chevaliers
d'honneur étaient tout bonnement des courtauds stupides! C'était à rendre fou de désespoir !

« Je lui en témoignai imprudemment ma dou-

leur et lui parlai de sa beauté en termes si ex-
pressifs, avec des yeux si pleins d'amour,
qu'elle sentit aussitôt s'éveiller en elle une
émotion indéfinissable qui la saisit au cœur ;
elle devint toute tremblante, balbutia des mots
entrecoupés et mit toute son éloquence dans
un sourire enchanteur :—c'était aussi l'amour,
l'amour qui pénétrait dans sa jeune âme ! Oh !
comment peindre ce qui se passa en moi !

« La voix criarde de maître Jonathas vint de
nouveau me rappeler la réalité triste, la réalité
railleuse, escortée d'angoisses.

— « Ma fille vous occupe beaucoup trop,
mon gentilhomme, et ma serge pas assez. Mais
je n'ai à votre service que de la serge ou des
galons, monseigneur ; faite vite, car demain je
n'aurai plus pour vous ni galons, ni serge.
Voulez-vous ces étoffes ou ne les voulez-vous
pas, mon gentilhomme ? il est heure indue, je
suis vieux, je suis las, et je veux souper. Tenez,
mon honnête gentilhomme, je vois bien que
ma serge est trop grossière pour vous. Il vous

faut des lits de prince à vous autres, en brocart,
en damas, avec une juive ou une zingara dedans, ou même une belle chrétienne de vieux
sang; et moi je suis loin d'avoir tout cela; je
n'ai que ma fille Pampinetta et de la serge verte,
et ce n'est pas cela qu'il vous faut, mon brave
gentilhomme; ainsi, adieu. Vous êtes venu trop
tard, mon maître; la vieille voisine Martha
Peralcio sera sans doute mieux fournie que
moi; allez-y. Comme sa vertu est à l'abri de
la médisance, elle vous ouvrira sa porte sans
peine.

— « Si vous le prenez sur ce ton, bonhomme!... m'écriai-je en concentrant ma colère
avec peine.

— « Pas si bonhomme, monseigneur; je suis
tout simplement Ignace-Perez Jonathas.

— « Ignace-Perez Jonathas du diable, lui
dis-je, maître arrogant, garde donc tes étoffes!

— Oui, oui, mon bon gentilhomme, vous
pouvez vous fier à moi pour ce qui est de la
garde de mon bien; je suis un homme des an-

ciens temps, et j'ai vu plus d'un beau muguet
de la cour venir faire échouer son beau navire
doré au pied de mon noir comptoir de chêne ;
et ma vieille barbe blanche a désespéré bien des
poursuivans d'amour, comme vous dites vous
autres dans votre langage savant comme les
comédies de nos moines.

« Il disait cela si gravement le vieux traître,
il accompagnait ce discours d'un rire si plein
de raillerie, d'assurance, que j'en enrageais ;
et ce défi qu'il me jetait avec tant de vanité le
grandissait comme un colosse, — et il en pro-
fitait pour m'écraser de tout son poids.

— « Bonhomme, bonhomme, prends garde !
m'écriai-je les dents serrés.

— « Merci du conseil, mon honnête gentilhomme, car les méchans sont communs à Séville comme chez moi les aunes de serge.

« Et il riait toujours de son rire sardonique.

— « Reconduisez ce seigneur, Perez, et vé-
rouillez fort la grosse porte, car ce bon gentilhomme nous a dit de prendre garde.

« Je voulus voir une dernière fois Pampinetta ; elle était immobile, appuyée contre la
table, rêveuse ainsi que les belles mosaïques des
Latins d'Orient, ou les statues grecques qu'on
admire à Rome ; elle ne leva pas sur moi son
œil si plein d'intelligence, et je m'en allai désespéré de ma défaite.

« A peine eus-je fait quelques pas dans la rue
des Sergiers, que je fus accosté par les cavaliers
espagnols qui, ayant mis sur mes traces un de
leurs laquais, étaient accourus aussitôt pour me
voir sortir de chez maître Jonathas.

— « Eh bien, eh bien, monseigneur de la
présomption?

— « Faut-il déjà vous compter les six cent
mille écus, cher Bassompierre? disait Médina-
Celi.

— « Vous a-t-elle bien rassasié d'amour?
ajoutait Trabuxena.

— « N'est-ce pas que les Andalouses sont
terriblement voluptueuses? poursuivait Alcantarilla.

— « Allez tous au diable ! m'écriai-je, inca-
pable que j'étais de cacher mon désappointement ; mais j'ai un délai devant moi, et si vous
n'avez pas été aimés de Pampinetta, c'est que
vous êtes des barbares. Elle sera mienne, vous
dis-je !

— « Adieu, adieu, illustre amoureux, s'écria
un des railleurs ; maître Jonathas est aussi un
grand diplomate ; et nous ne vous engageons
pas à le recommander au très chrétien roi de
France, il serait capable de le choisir pour les
missions difficiles.

« Et de fait, comme j'avais été joué par ce vieux
cuistre, je rentrai à mon logis tout désolé, non
pas à cause de la perte des six cent mille écus,
mais à cause de l'honneur de la galanterie française qui allait se trouver fort compromis, et
surtout parce que j'aimais déjà désespérément
la Pampinetta, ce beau diamant de Séville !

XXVI

Où l'on verra que maître Jonathas eut pour apprenti
un Catalan de Barcelone.

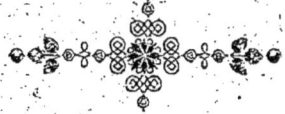

« Deux jours après cette mémorable soirée,
pour moi si malencontreuse, un jeune Catalan
de Barcelone, piloté par un respectable hôtelier de la rue des Franciscains de Séville, se

présenta chez maître Jonathas; il était assez
jeune, portait les cheveux courts, n'avait point
de barbe, et semblait fort avenant; de plus, il
avait en bourse plus de carolus d'or que de maravédis, ce qui, soit dit en passant, vaut mieux
que toutes les recommandations du monde,
même celles des plus gros hôteliers de Séville;
et avec tout cela, il prétendait appartenir à une
famille riche, qui, voulant faire de lui un respectable négociant, l'envoyait en Andalousie
pour y apprendre tous les secrets du négoce.

— « La renommée de probité et d'habileté de
maître Jonathas est grande jusqu'aux limites
les plus reculées de la Catalogne, disait le nouveau venu que l'hôtelier appelait fièrement don
Antonio Cabrera, sans doute à cause de la
bonne mine de ses carolus; c'est pour cela que
mon père n'a pas craint de m'envoyer si loin
pour étudier toutes les difficultés du négoce,
seigneur Jonathas; je voudrais avoir l'honneur
de faire mon apprentissage sous un maître aussi
habile que vous l'êtes, mais je désirerais que

cet apprentissage fût court ; mon père paierait
volontiers plus cher.

—« Le négoce, que l'on considère comme un
métier, don Antonio, puisque cet honnête
Herréra vous appelle ainsi....

—« Antonio Cabrera tout court, reprit le
Catalan.

—« Le négoce est un art, seigneur Antonio,
un art difficile, qui exige la connaissance des
hommes, qui veut qu'on suive la politique, la
marche des événemens afin de faire de bonnes
spéculations, peu hasardeuses, et toujours fort
lucratives. Tout cela s'apprend avec les années,
mon garçon ; il faut chiffrer long-temps pour les
autres avant que de devenir maître. Ce ne sont
pas les plus pressés en partant qui arrivent
les premiers au but ; il faut toucher bien des
pièces de serge pour la bien connaître, barrer
bien des ronds de rubans pour n'être pas volé
par les ouvriers qui sont tous plus ou moins
rapaces. Mais je vous donne là des conseils, mon
garçon, comme si vous étiez céans, et je me sou-

cie peu de prendre un nouvel apprenti ; j'en ai
déjà trois, et les concurrens deviennent fort
nombreux ; le métier se gâte.

— « Songez que je ne peux vous faire aucun
tort, maître ; dès que j'aurai assez d'expérience,
je m'en irai chez mon père à Barcelone pour
ouvrir une boutique ; et d'ici il y a si loin ! —
Cependant si cela ne se peut, maître Jonathas,
je le regretterai, mais j'irai offrir mes carolus
d'or à quelque autre marchand.

« L'avare, entendant parler de carolus et
voyant l'allure décidée du Catalan, réfléchit
quelques instans.

— « Voyons, combien voulez-vous rester de
temps ici ? lui dit-il.

— « Six mois au moins, maître, un an au plus.

— « Eh bien ! vous me donnerez deux carolus
d'or par mois en monnaie forte d'Andalousie.

— « C'est fort cher ! maître Jonathas.

— « C'est pour rien, mon garçon, pour rien ;
considère que je n'aurai pas de secrets pour
toi, que je t'ouvrirai mes livres, que tu verras

les lettres de mes correspondans, tandis que les
commis resteront dans l'ignorance; vois quel
gros avantage!

— « Mais si je consens à payer si lourde pension, maître, je désire avoir plus de liberté
que vous n'en accordez d'ordinaire à vos apprentis.

— « Nous verrons à régler tout cela de manière que chacun soit content, mon fils; le dimanche arrive vite, les semaines sont courtes,
et nous allons tous ensemble à Saint-Jacques
prier Dieu pour la prospérité de nos affaires et
la rémission de nos péchés. Ensuite le soir,
nous allons, ma fille et moi, à la promenade du
Guadalquivir. Tu y viendras si tu veux. N'est-ce
donc pas là une bonne vie de plaisirs?

— « *Amen!* fit le Catalan. J'ai peu de bagages,
maître, et je m'en vais retourner à l'hôtellerie
du seigneur Herréra pour que le muletier me
les apporte céans; en attendant, voici les deux
carolus d'or pour la pension du premier mois.

— « Voilà qui s'appelle aller bravement en

affaires, mon garçon, reprit le vieux Jonathas
en faisant trébucher les pièces d'or pour s'assurer de leur poids; l'argent d'abord, ensuite
la loyauté; c'est une maxime que m'a répétée
vingt fois un Juif du Maroc, et, quoiqu'elle
soit sortie de la bouche d'un mécréant, elle n'en
est pas plus mauvaise.

— « A ce soir donc, maître Jonathas ! dit
le Catalan.

— « A ce soir, mon garçon, la Calorgna te
préparera ton lit. Tiens, voici ton reçu et ton
engagement en double. Chacun sera en règle.

« Et le Catalan, après avoir signé, suivit Herréra, et tous deux ils reprirent gaiement le chemin qui conduisait à la rue des Franciscains.

« Sur le soir de ce jour, comme j'étais à
mon logis, situé vers la place de l'Alcazar, Médina-Céli et Pennaflor vinrent me chercher
pour jouer aux dés et pour continuer leurs
railleries; je rêvais à la merveilleuse Pampinetta, de sorte que mon visage devait avoir une

expression bien joyeuse quand ils entrèrent.

— « Que l'amour vous soit en aide, mon beau présomptueux, dit Médina-Céli en riant; avons-nous reçu quelque coffret bien galant de la Pampinetta, quelque lettre bien tendre?

— « Mais, répliquai-je en raillant avec une fatuité superbe, nous soupons ce soir chez maître Jonathas.

— « Ah! monseigneur soupe chez maître Jonathas!

— « Et nous y couchons même, pour notre plus grande joie et liesse!

— « Je vous crois un homme loyal, monsieur le comte de Bassompierre, reprit Médina-Céli d'un ton fort sérieux; j'ai tenu contre vous six cent mille écus, et ce n'est pour personne une bagatelle; raillez-vous ou ne raillez-vous pas, monsieur de Bassompierre?

— « D'abord je ne m'appelle plus Bassompierre, mon cher duc; à cette heure, je suis Espagnol; j'ai pour nom Antonio Cabrera; mon père habite Barcelone, et je viens étudier le négoce chez un marchand de Séville, connu sous le nom de Jonathas Perez ou Perez Jonathas. On dit qu'il a une fille passablement accorte, et gracieuse, et belle, mes maîtres ! ajoutai-je avec une raillerie désespérante. La connaissez-vous ?

— « Vous avez pardieu un grand luxe d'imagination ce soir, mon cher ambassadeur ; à vous la palme !

— « Par ma moustache ! répliquai-je ; ah ! j'oubliais que je l'avais tantôt sacrifiée à la Pampinetta.

« Et je leur mis sous les yeux mon engagement contracté avec le vieil Andalous, car le Catalan Antonio Cabrera, c'était moi, messieurs !

— « Par saint Jacques de Compostelle ! voilà un bon tour, dit Pennaflor ; vous perdrez noblement vos six cent mille écus, Médina-Céli.

— « Ha ! il se fait tard, mes braves cavaliers,

leur dis-je, et je dois retourner à l'hôtellerie
d'Herréra prendre mes bagages et endosser
l'habit de petit bourgeois de province. La Pampinetta vaut bien ce sacrifice, n'est-ce pas ?

— « Maudit démon ! murmurait ce pauvre
Médina-Céli.

— « Vous voyez que mes affaires sont sur
le chemin de la prospérité, ajoutai-je d'une
voix grave ; c'est à votre honneur que je me
confie, nobles Espagnols ! et maintenant adieu,
mes amis, il n'y a plus de Bassompierre à
Séville, il y reste seulement un certain Antonio
Cabrera, apprenti barreur de serge, lequel
Antonio est amoureux fou de la signora Pampinetta Perez Jonathas.

« Une heure après j'étais assis à la table du
vieux sergier, en face de la merveilleuse Andalouse, écoutant l'histoire interminable de
mon Juif et mangeant assez bravement des
fèves à l'huile pour la plus grande gloire de
l'amour.

« Ha ! comme j'allais relever le défi de

maître Jonathas! comme j'allais me venger des
railleries de mes cavaliers! comme j'allais soutenir l'honneur de la galanterie française, et
quel joli péché je me disposais à commettre!...

XXVII

La Retraite d'une Fée et la merveilleuse scène qui s'y
passa.

« La maison du vieux marchand était une
vraie galère; au lever du soleil, il fallait être
debout, comme à l'armée un jour de bataille;
on travaillait sans relâche, on chiffrait, on em-

ballait, on barrait, on déballait. Point de trêve.
Le long et sec vieillard, toujours assis dans
son comptoir antique, poli comme un miroir,
nous aiguillonnait sans cesse, en franc bouvier
de coche. Puis c'étaient les pratiques, les com-
mères des faubourgs qui nous faisaient dérouler vingt pièces de serge pour en prendre
une barre (1); c'étaient les filles des confréries
qui bouleversaient toutes les cassettes de rubans pour parer leurs saints ou leurs ban-
nières, et sur le soir, il fallait remettre tout
cela en ordre; et, en ma qualité de nouveau
venu, j'avais la plus lourde charge et le plus
d'ennui. Pour combler la mesure, les courtauds étaient stupides; le vieillard, rigide
comme tout vieux marchand, avait aboli chez
lui la joyeuse humeur, les francs rires, et la
cuisine était désespérante. — Voyez tout ce
qu'on peut endurer sous la puissance de
l'amour !

---

(1) En Espagne, c'est la *barre* et non l'aune; la barre équi-
vaut à 2/3 de l'aune de Paris.

« Après une journée qui me parut longue
comme un siècle, car la Pampinetta était partie
dès le matin pour un couvent éloigné où la
sœur de sa mère était abbesse, je sortis et
m'en allai rêver sous les grands sycomores de
la rive du Guadalquivir. La nuit déployait son
magnifique manteau d'un bleu noir parsemé
de jets de feu; sous mes pieds, c'était le
beau fleuve avec ses eaux profondes; au loin,
c'était la plaine, et des bois de grenadiers, et
des prairies embaumées, et l'immensité lumineuse; là, c'étaient les ruines de Sévilla la
Vieja, l'antique *Italica*, la patrie des grands
hommes, Silius Italicus, Adrien, Trajan et
Théodose l'Ancien; derrière moi, c'était la ville
avec ses cent clochers, avec ses belles mos-
quées, chefs-d'œuvre de l'art des Arabes, —
un grand peuple malheureux, calomnié, oublié! un grand peuple civilisé que nous appe-
lons barbare, et qui fut écrasé au contraire par
des barbares, les Espagnols. O Séville la belle,
Séville la charmante, Séville la voluptueuse,

cité tout orientale ; qui donc peut oublier tes
nuits d'été, ces nuits si fraîches, si calmes, si
délicieuses ! Quel spectacle immense, quelle
variété infinie offre ton Guadalquivir, ce fleuve
dont la poésie, cette belle déesse, murmura le
nom ravissant dans une de ses heures joyeuses!

« Antonio Cabrera disparaissait alors, et
Bassompierre lui succédait, Bassompierre, que
l'amour rendait parfois poète. Je m'arrachai
enfin à cette volupté de la nature pour aller
m'enivrer de la volupté de l'amour, chez la
Pampinetta ; et, comme je passais vers le marché aux poissons je songeai à la triste cuisine
de mon patron, et j'achetai un saumon énorme
dans le but fort louable de faire plus grande
chère, d'empêcher la Pampinetta de manger
des fèves à l'huile et de séduire maître Jonathas
en caressant sa sordide avarice. Ce que j'avais
prévu arriva. A dater de cette misère, chacune
de mes paroles fut regardée comme un proverbe, j'étais un noble apprenti, je devins le
favori du vieillard ; les courtauds mes collègues,

mes ennemis naturels, me flattèrent, espérant
la continuation de cette bonne aubaine, et la
Calorgna elle-même, la Maritorne du logis,
cette grosse et sale servante, me fit une foule
de gentillesses, tant ma générosité rejaillissait
sur tout l'intérieur de maître Jonathas.

« L'essentiel pour moi était de marcher
vite. En amour il faut des allures rapides, une
grande vivacité de pensée et de l'audace. L'audace est la clef d'or de la galanterie. Un homme
à bonnes fortunes doit avoir de l'esprit, une
prestesse peu commune et de l'argent. Sans ces
qualités éminentes, on ne peut que débaucher
des femmes qui le sont déjà, et je n'appelle pas
cela des bonnes fortunes. Quelque soir je vous
ferai une dissertation sur ces catégories di-
verses.

« L'habile Jonathas, ce roi des méfians, cet
homme qui m'avait jeté un si insolent défi, Jonathas dormait sous le même toit que moi, la
coiffure de tête enfoncée sur ses deux oreilles,
en honnête et vertueux bourgeois. Voilà pour-

tant où j'en étais arrivé en vingt-quatre heures. »

— O maître fourbe! s'écria tout à coup l'abbé de Foix en interrompant le maréchal.

— Parlez donc à M. l'abbé de ses nièces afin qu'il se taise, répliqua vivement le chevalier de Jars.

— A quoi bon, messieurs? dit le sire de Roiville; laissez continuer notre joyeux historien.

« Je me procurai, poursuivit Bassompierre, une délicieuse boîte de cèdre richement sculptée, incrustée d'argent, et toute pleine de parfums d'Afrique; c'était un présent tout royal. Les parfums font rêver, les parfums exquis décuplent les extases de l'amour, et Vénus, la mère des voluptés, trahissait son passage par des odeurs de nard dont elle emplissait l'air. Voilà le présent sur lequel je fondai de très grandes espérances. J'écrivis une longue lettre que j'enfermai dans la précieuse cassette, et je me tins prêt à tout hasard.

« Maître Jonathas, comme tous les vieillards,

s'assoupissait après son maigre dîner; les courtauds flânaient, et la Calorgna ronflait dans sa
cuisine comme un orgue de cathédrale. Cette
heure étant favorable à mes projets, je la choisis; et, à peine le bonhomme fut-il endormi,
que, sous prétexte de faire quelque rangement,
je gagnai sans bruit le malheureux galetas qui
m'était assigné.

« Muni de mon talisman d'amoureux, je redescendis au premier étage, où se trouvait la
chambre de Pampinetta; ce n'était pas ma première passion assurément, et pourtant mon
cœur soulevait puissamment ma poitrine, mon
esprit était cruellement agité, j'étais ému, j'avais
peur! cette candide et merveilleuse vierge, cette
innocente Andalouse, si pure, si calme, allait
voir en un instant toute cette jeune existence
bouleversée, détruite; le feu allait circuler dans
sa poitrine; la passion brillerait dans ses yeux;
son esprit n'aurait plus de ces songes dorés,
tranquilles comme un beau ciel bleu d'été sans
nuages, éclatans comme les fleurs de la molle

II.　　　　　　　　　　　　　　　　12

Asie, aussi frais et aussi transparens que les
perles colorées de la rosée du matin, au soleil
si étincelante ! Hélas ! non, tout cela s'évanoui-
rait sous mon souffle ; j'allais porter à sa bouche la coupe enivrante des joies extatiques de
la terre qu'elle savourerait avec délices, et ta-
rirait vite, car le breuvage est si rare pour une
soif si grande !

« Mais quelle tendre pitié pouvait me saisir
au cœur, je l'aimais tant cette enchanteresse !

« Je m'arrêtai long-temps à la porte de sa
chambre, de ce saint asile jusque-là inviolable ;
j'écoutais, et le bruit de la rue, et le bruit de la
boutique, et le bruit du dedans. Ce n'était qu'un
murmure confus au dehors, mais la chambre
de Pampinetta était silencieuse comme si la
mort l'eût habitée, et ce silence, effrayant pour
le plus grand nombre, augmenta encore ma
hardiesse naturelle. — J'entrai doucement.

« Un faible rayon de lumière pénétrait à peine
dans ce mystérieux sanctuaire ; la petite fenêtre carrée, garnie de losanges de vitre, proté-

gée encore par un volet placé au dehors, ne laissait arriver qu'une lueur indécise au milieu de
la chambre, et l'œil avait besoin de se fami-
liariser avec cette apparence de jour pour découvrir la multitude infinie d'objets qu'elle
contenait.

« Mais tout d'abord je ne vis que la Pampinetta, assise à l'extrémité de ce réduit, dans
un grand fauteuil de velours rouge, et qui dormait du sommeil le plus tranquille. Qu'elle était
donc belle cette jeune fille! que la nature avait
été prodigue pour elle! Son corps se trouvait
complétement dans l'ombre, mais un rayon de
soleil, pénétrant par quelque petite brisure du
volet, venait glisser capricieusement sur son
frais visage, comme un sylphe éblouissant, et
augmentait encore, pour ainsi dire, sa beauté
merveilleuse. J'épuiserais toutes les formules
de l'admiration que ma parole serait toujours
décolorée pour vous faire un portrait fidèle de
la Pampinetta.

« Frappé d'immobilité au seuil de cette cham-

bre, je m'enivrais du bonheur de la voir endormie, de la voir si riante dans ses rêves; j'écoutais le faible murmure de son haleine, je suivais
de l'œil son sein si beau de contours, j'enviais
la forme, la subtilité de ce rayon de soleil qui
venait voluptueusement caresser cette figure
virginale et l'entourait d'une lumineuse auréole,
j'écoutais toujours.... elle ne s'éveillait pas.

« Là, tout se trouvait en harmonie avec
cette jeune fille. Qui le croirait, d'après l'humeur avaricieuse du père? c'était un vrai petit
palais de fée; quelque grand artiste espagnol
avait dû présider à son ameublement: Les
magnifiques cuirs dorés de Cordoue couvraient
les lambris; un *cabinet* d'ébène richement in-
crusté d'ivoire, orné de tiroirs nombreux
rehaussés par des sculptures en relief, occu-
pait tout le fond; des courtines en point de
Grenade tombaient sur les portes; des crédences de chêne regorgeaient de cristaux étince-
lans, de porcelaines japonaises; une délicieuse
tête de vierge, du Moralès, ce divin peintre!

une jeune femme, pâle, avec de longs cheveux noirs, était en regard d'une glace à biseaux, enrichie d'un cadre de cuivre ciselé. On foulait aux pieds des nattes de Chine, des tapis d'Orient, des peaux de panthères; c'était un luxe inouï, un luxe de poète ou d'artiste, au milieu duquel le hasard avait jeté une fée, la Pampinetta !

« J'aurais passé ma vie dans cette contemplation silencieuse, si la voix fêlée de maître Jonathas ne fût venue m'avertir que l'extase pouvait avoir des inconvéniens; il me sembla même qu'il se dirigeait vers l'escalier; alors, invoquant toute mon audace, je m'avançai vers l'Andalouse, puis, posant mon coffret doucement sur ses genoux, je la baisai au front, comme si c'eût été un ange, et, l'éveillant, je m'écriai avec cet accent entraînant et persuasif qu'on invoque en vain dans l'âge mûr :

—« Pampinetta, Pampinetta, ayez pitié de moi! je vous aime! je vous aime!

« Et comme la voix de maître Jonathas deve-

nait de plus en plus criarde, je disparus comme
le rayon de soleil qui avait tant caressé celle
que j'adorais....

« Je m'étais dévoilé dans la lettre; et, pour
une jeune fille comme la Pampinetta, c'était bien
dangereux l'amour d'un grand seigneur qui
ne craint pas de jouer un pareil rôle! Je ne
pourrais vous dire tout ce qui se passa, je l'ai
oublié; mais, après cinq ou six jours d'intrigues
mystérieuses, nous choisîmes la nuit suivante
pour conclure... et quelques mots suffirent.

— « Il m'est désormais impossible de vivre
sans votre amour, Pampinetta, lui dis-je, et
ce serait barbare à vous de me refuser davantage un rendez-vous dans votre chambre qui est
si bien faite pour l'amour! Est-ce donc vivre
que d'être toujours dans des transes mortelles?
A peine puis-je vous dire que vous êtes un
ange, ou une fée, si les fées sont plus belles
que les anges.

— « Jésus! et si mon père allait vous entendre, mon noble cavalier!

—« N'a-t-il pas l'ouïe dure, et l'œil terne,
et le sommeil profond?

—« Ah! je suis bien malheureuse! s'écria-t-
elle.

« Quand les femmes en sont arrivées à ce
mot, mes amis, vous pouvez croire que vous
en aurez toutes choses; marchez, marchez en
avant avec audace, et vive le plaisir! Aussi,
comme on se couche tard à Séville, il fut convenu que je descendrais à minuit, pour deviser
d'amour en toute liberté.

« Cette journée fut assurément une des plus
fertiles en émotions entre celles qui ont grandement marqué dans ma vie de voluptueux. Songer que dans quelques heures j'allais me venger
du plus habile des commerciers de l'Andalousie, et gagner dix huit cent mille livres, et
avoir l'amour de la plus merveilleuse femme du
continent d'Europe! N'était-ce pas bien capable
de briser la poitrine et de faire mourir de joie?

« Enfin, il arriva ce bienheureux soir; elle
arriva cette heure de minuit plus désirée par

moi, à coup sûr, que le Messie par les Juifs!
Je me parfumai, je mis ma plus fine chemise,
je m'attifai en vrai dameret, comme pour une
duchesse, et mieux peut-être; car j'aurais donné
les duchesses de France et celles de toutes les
Espagnes pour la tête de ma Pampinetta; puis,
l'oreille au guet, le nez en l'air, je descendis
assez bravement, mais le cœur allait la poste.
Arrivé sur le palier, je voulus tourner la clef;
point de clef! — Je grattai doucement à la
porte, on ne me répondit pas: enfin, las d'attendre, j'appelai à trois reprises la Pampinetta.

« Mais la Pampinetta ne vint point, et il me
sembla entendre derrière la porte vérouillée le
rire goguenard et présomptueux de maître Jonathas; je remontai dans mon galetas, puis je
redescendis brûlé par la fièvre, inquiet, l'âme
en proie à mille angoisses; toute la nuit je fis
ce manége, et au matin, pour achever de me
désespérer, maître Jonathas se chargea de me
dire la moitié de l'énigme, afin sans doute.... de
m'épargner le reste.

« Voilà ce qu'il me dit du ton de sa plus fine
raillerie, en face de ses courtauds et de Pampinetta.

— « Vous avez oublié de m'avertir en écri-
vant notre contrat, seigneur Antonio, que vous
aviez des nuits passablement agitées ; vous rê-
vez haut, mon garçon, et c'est fort dommage,
car cela nous empêchera de manger ensemble
un boisseau de sel. Cette nuit même, vous
n'avez fait que courir les escaliers, que frapper
aux portes ; je crois même, par saint Ferdi-
nand ! que vous avez appelé ma Pampinetta,
en lui disant que vous étiez un riche et galant
seigneur. — N'as-tu pas entendu, fillette ?

— « Non, mon père.

« Et le visage de l'Andalouse exprimait de
vives inquiétudes, et ses yeux craignaient de
s'arrêter sur moi.

— « Je veux bien croire que vous êtes un
riche seigneur, reprit maître Jonathas ; cela
vaut mieux que de barrer de la serge, mon garçon ; aussi bien, vous avez la main trop fine et

le goût trop délicat pour ma maison. Donc vous ne trouverez pas mauvais si je vous prie de sortir de céans sur l'heure.

— « Y pensez-vous, maître? oubliez-vous que j'ai un contrat signé de votre main?

— « Plaît-il, monseigneur Antonio? Un contrat! Nous le porterons à l'alcade si bon vous semble, et nous verrons.

« Ne pouvant paraître devant le juge sans compromettre ma dignité, il me fallut, bon gré, mal gré, garder le silence.

— « Allez, mon godelureau, mon débaucheur de filles honnêtes, ajouta-t-il d'une voix qu'il voulut vainement rendre sévère, vous avez monté sur un méchant théâtre, et vous vous y êtes rompu le cou. Ce n'est pas une vieille barbe blanche comme moi qu'on dépiste ainsi qu'un jeune chien; allez, mon beau parieur, souvenez-vous que Perez Jonathas a vu chez lui tous les privilégiés de l'Alameida, et qu'il les a tous humiliés!

— « Vous êtes fou, bonhomme, répliquai-

je d'un ton colère, qu'y a-t-il de commun
entre les privilégiés de l'Alameïda et moi ?

— Je n'en sais rien, quoiqu'on en parle ;
mais voici la Calorgna avec vos nippes. Adieu,
mon gentilhomme !

— « Gentilhomme ! firent les courtauds
étonnés.

— « Gentilhomme ou non, n'importe, reprit Jonathas ; mais qu'il aille au diable, je
n'aime pas les rêveurs ! Pour faire le négoce
de sergier, il faut dormir sur ses deux oreilles
toute la nuit, afin d'être le jour ferme sur
pieds.

« Il me fallut quitter la place, à mon grand
regret, sans pouvoir adresser une parole d'espérance à Pampinetta, dont les longs cils noirs
cachaient des pleurs ; j'étais fou de douleur en
face de cette belle enfant, qui m'avait promis
tant d'amour, et que la tristesse allait briser ;
le mauvais succès de cette galanterie me forçait
de m'éloigner pour quelque temps de Séville ;
et, comme je n'y renonçais pas, je rentrai à

mon logis, je redevins le haut et puissant comte
de Bassompierre, et je m'en allai chez Médina-
Céli avec l'intention de l'appeler en duel, car
évidemment Jonathas, qui m'avait traité de
beau parleur, avait été averti par lui. A la
douleur succéda la colère quand je me fus
affermi dans cette idée; il y avait de la peti-
tesse, de la mesquinerie au fond de cette action;
je m'étais fié à l'honneur castillan, je l'avais
invoqué, et tous ces hommes avaient étouffé
cet honneur si fort vanté, sous une vanité bles-
sée des plus ridicules.

« Médina-Céli étant depuis la veille à un
de ses châteaux, situé à quelques lieues sur les
bords du fleuve, je m'y rendis avec Pennaflor
que je rencontrai.

— « Trève de raillerie, lui dis-je en l'abor-
dant, vous vous êtes conduit en homme indigne,
et non en noble Espagnol; j'étais sûr de réussir,
et vous avez dévoilé ma condition à Jonathas
qui m'a fermé sa maison.

— « Sur l'honneur, monsieur de Bassompierre,

et j'engage l'honneur castillan, je n'en ai rien
fait, répondit-il avec un calme plein de candeur.

— « C'est étrange, monsieur.

« Et je leur racontai une partie des circon-
stances qui s'étaient passées, et tous deux cherchaient à pénétrer ce mystère, quand l'arrivée
d'un des laquais vint dévoiler toute la comédie.
Cet homme, entendant Médina-Céli se plaindre
de sa mauvaise fortune, de mon audace et de
mes chances de succès, n'avait trouvé rien de
mieux pour s'attirer les bonnes grâces de son
maître que d'avertir maître Jonathas, sans
autre forme.

« Et voilà comment un misérable, un être
sans nom, un laquais, me jeta bien loin du but
à l'instant où j'allais l'atteindre.

— « Tenez-vous toujours la gageure? me dit
Médina-Céli du ton d'un homme qui se retire-
rait volontiers.

— « Votre indiscrétion est cause que j'ai
perdu mes plus grands avantages, répliquai-je

avec assurance; mais n'importe, j'ai dit que cette femme serait mienne, et je l'aurai!

— « M. le marquis de la *Présomption* est tenace comme un Anglais, dit Pennaflor en raillant Médina-Céli; et ma foi, mon pauvre ami, j'ai grand'peur pour les carolus de ton illustre père.

— « Heureusement que la Pampinetta est une lionne, répliqua-t-il.

— « Lionne, soit, dis-je en riant; ma victoire en sera plus belle. Adieu, mes gentils seigneurs!

« Et le lendemain de cette journée, je partis pour Grenade et pour Cadix.

XXVIII

L'Andalousie.

> Voyager, c'est vivre d'une vie large et
> poétique ; c'est rendre à nos esprits abattus,
> à notre cœur flétri, une nouvelle énergie
> et la fraîcheur des premières émotions.
>
> Comte L. DE CHARNY.
>
> *Voyage dans la grande Grèce.*

« La Cour étant allée pour une saison à Cadix, je me mis à parcourir l'Andalousie, comme
si j'eusse été un savant ; je visitai successivement
Grenade, Cordoue, cette reine des villes, Al-

hama, Malaga, Ronda et Algésiras; tout ce que
je vis des restes de la civilisation et de l'art des
Arabes m'attrista, et je fis souvent de sérieuses
réflexions sur la destinée de ce peuple qui
passa rapide et brillant comme un météore.
Qu'ils avaient été grands ces hommes du Yé-
men! comme leur génie était apte aux plus
merveilleuses choses! Si la guerre civile ne les
eût pas désunis, s'ils fussent restés fidèles à la
loi du premier législateur, alors, formant une
unité toute militaire, ils auraient conservé la
plus grande partie de ces Espagnes, qui tombent
peu à peu dans une si horrible décadence.

« Mon voyage fut pénible; je tombai malade
dans les montagnes de Martos près de Médina-
Sidonia, et l'on m'y soigna aussi mal que possible. J'avais pour médecin le plus pédant et
le plus bavard des barbiers de province, qui me
raconta toutes les médisances de Martos, jeta
aux chiens le meilleur de mon sang, et se plon-
gea dans ma bourse jusqu'aux aisselles; alors,
léger d'embonpoint et de carolus comme une

recrue, aussi jaune qu'un Tunisien, barbu
comme un Turc, je repris la route de la capitale où demeurait ma beauté.

« J'arrivai à Séville, déguisé en marchand de
serge. J'étais méconnaissable. Mon teint ver-
dâtre, morbide, que faisaient ressortir davantage encore ma barbe de rabbin et mes longs
cheveux décimés par la maladie, tout cela imprimait à ma physionomie un air de vieillesse
étrange, si bien que nul ne pouvait penser, en
me voyant ainsi délabré, ainsi accoutré en
marchand de serge, au brillant comte de Bassompierre, ou à l'égrillard Antonio Cabrera, le
Catalan.

« Je n'eus garde d'avertir mes adversaires de
mon retour, quoique j'eusse pour caution cette
fois le noble honneur castillan : je craignais
quelque nouveau malheur ; et l'amour qui me
dévorait n'ayant pas été le moindre moteur de
ma cruelle maladie, j'ambitionnais peu désormais la faveur maudite des épigrammes de
maître Jonathas.

« Pendant les quelques jours que j'étais resté
chez ce bonhomme, j'avais vu sur son registre
le nom d'un marchand de Cadix qu'il ne connaissait pas, mais avec qui il faisait un négoce
considérable. J'avais vu cet homme à Cadix, je
savais une partie de sa vie, et je m'affublai du
nom de maître Inigo Furano.

« Séville alors possédait donc le plus riche
marchand sergier de l'Andalousie, et maître
Jonathas ne tarda guère à l'apprendre, ce qui
lui causa des transports d'ivresse faciles à con-
cevoir. — Il allait faire un négoce immense;
or, le résultat de ce négoce était pour lui beaucoup d'argent, et l'argent faisait toujours
chanter le cœur de maître Jonathas.

« En face de la boutique du bonhomme demeurait un certain el Pastor faisant aussi le
négoce de sergier. C'était son rival et son ennemi; et l'inimitié allait toujours croissant, en
ce qu'elle était alimentée par des jalousies sans
cesse renaissantes, par l'envie, cette mégère
qui frappe dans l'ombre avec un glaive empoi-

sonné, et que ces deux officines étaient en
quelque sorte le reflet l'une de l'autre. — La
moindre parole était entendue, chacun connaissait les ventes de son ennemi, applaudissait
à ses pertes ou maudissait ses gains; enfin, pour
combler la mesure, c'était une guerre intestine
qui éclatait parfois entre les courtauds des deux
sergiers; la barre faisait l'office de l'esponton,
il y avait force dents de brisées, des bras meur-
tris, des bosses à la tête, et messieurs les alguazils y mettaient bon ordre en redoublant les
horions aux parties belligérantes.

« En bon politique, je m'en allai sur les
cinq heures de l'après-dînée, au moment des
grandes affaires, chez el Pastor. Je parlai haut
et d'une grosse voix; je fis déployer des centaines de pièces d'étoffe, et le nom et la foi d'Inigo
Furano roulaient comme un tonnerre, ce qui
faisait ressentir mille angoisses au malheureux
Jonathas qui n'en perdait pas une syllabe de
l'autre côté de la petite rue, tandis que sa belle
Pampinetta, moins agitée que nous tous, tirait

quelques doux accords d'une harmonieuse man-
doline.

« Je me gardai bien de conclure avec el Pastor; sa serge, lui dis-je, était beaucoup trop
chère, la qualité me semblait médiocre, le
teint peu solide; maître Jonathas serait plus ac-
commodant, à n'en pas douter; du reste, à prix
égal, je lui promis la préférence, et je le quittai
fort désappointé en lui disant et redisant toutes
ces belles choses.

« Cela mit le paradis dans le cœur du bonhomme Jonathas : quand j'entrai il était rayon-
nant.

— « Que saint Jacques fasse pleuvoir sur
vous sa pluie d'or, bon seigneur Inigo! je
mourrai content! j'aurai vu enfin mon cher
correspondant; il ne manquait que cela à ma
joie de vieux sergier! Mais savez-vous que c'est
peu aimable de votre part de vous en être allé
chez ce Pastor, un petit marchand de rien,
un hâbleur, qui n'emploie pas l'an une balle
de ségovie. En outre, vous ne trouverez jamais

une barre de boni dans sa marchandise; c'est
un hidalgo qui procède sur les étoffes comme
Moïse Abraham sur les carolus. Il faut qu'il lui
en reste aux mains. Ensuite, ses serges sont
fort maigres, fort défectueuses, et de plus il
les vend cher en diable. Mais je comprends
pourquoi vous avez agi ainsi, et je ne vous en
veux pas, mon bon seigneur Furano.

« Le pauvre Jonathas se courbait jusqu'à
terre, sa voix était mielleuse comme celle d'un
courtisan; il retrouvait toute l'activité de sa
jeunesse pour dérouler sa marchandise, afin de
m'enlacer dans ses rets, l'habile compère;
mais à tout cela j'opposais un calme, une
froideur qui le désespéraient; rien n'était à
ma guise dans cette boutique; tout cela avait
été vu, déployé, fané, — l'air avait terni l'é-
clat de l'étoffe. Il devait en posséder en plus
grande quantité, lui, si riche marchand! La
vanité s'en mêla, il me parla de sa *Réserve* et
me conduisit dans une grande salle au premier
étage, à côté de la chambre de Pampinetta,

« Ma tactique avait doublement réussi. Le vieux renard de Jonathas, en me voyant si madré, si difficile en affaires, voulant examiner tout ce qu'il possédait, tout ce qu'il voulait vendre et même ce qu'il ne voulait pas, m'accordait, de plus en plus, une haute estime. J'étais, au fond de sa pensée, un habile marchand; j'étais de la vieille roche en fait de négoce; c'est ainsi qu'il avait procédé lui-même avec ses vendeurs, et on ne pouvait amasser de fortune qu'en voyant tout par soi-même. — J'avais donc réussi de ce côté d'abord, et d'autre part, j'allais sans nul doute pouvoir causer avec la Pampinetta.

« Ah! Jonathas, maître railleur, vous ne saviez pas quelle était la portée de l'esprit d'intrigue galante de Bassompierre!

« Ce que j'avais prévu arriva. Comme c'était l'heure des grands achats, la boutique du sergier s'encombrait de plus en plus, et bientôt il fut forcé d'y redescendre.

— « Excusez-moi, cher seigneur Furano,

mes garçons n'entendent rien aux affaires, et
ces lourdauds seraient capables de laisser aller
la pratique chez ce petit Pastor! Il faut que je
vous quitte un instant, vous savez apprécier cela,
vous qui habitez aussi une grande ville. On n'est
jamais mieux servi que par soi. — Je descends,
Pérez! cria-t-il en s'interrompant, — c'est un
vieux proverbe qui n'a pas tort. Mais vous pour-
rez bien faire un choix sans moi, n'est-ce pas?
bien des marchands préfèrent cela. — Mais du
reste j'ai là ma fille qui pourra me remplacer.
C'est une jolie petite personne, assez entendue,
quoiqu'elle ne sache guère le commerce, mais
tout le monde n'est pas si heureux que vous,
mon maître; on dit des merveilles de la capa-
cité de dona Furano.

« Je m'inclinai en faisant une petite bouche,
enchanté au fond de mon cœur de la tournure
que prenaient les choses; je n'avais pas espéré
tant de bonheur ni un succès si rapide pour
mon stratagème. Sur ces entrefaites, le courtaud Pérez l'appela de nouveau, et le mal-

heureux vieillard, se confondant en excuses,
s'agenouillant presque, ouvrit brusquement la
porte du réduit enchanteur de ma divinité
qu'il apostropha aussitôt avec rudesse :

— « Toujours le nez dans les livres ! toujours
des rêvasseries ! Tu ferais bien mieux de t'occuper à repriser mes serges, afin que le public
ne s'aperçoive pas des défauts et ne me fasse
point de diminutions, plutôt que de lire les
méchantes comédies de ce Lope de Vega, ce
grand barbouilleur de papier, ou les balivernes
du don Quichotte, de ce mendiant de Saavedra.
Je te demande un peu ce que cela te rapporte. —
La journée est faite pour le travail, pour gagner de l'argent. N'est-il pas vrai, seigneur Furano ?

« Je soutins très-fort son dire, à son grand
contentement ; je l'aidai même à sermonner sa
jolie fée. Je fis l'avaricieux ; je me montrai
stupide comme le bœuf.

— « Il faut, dis-je, creuser sans cesse son
sillon. Les livres sont bons tout au plus pour

ces fainéans de licenciés qui mendient dans les
villes la prière à la bouche, et l'escopette au
poing sur les grands chemins. Mais, pour nous
autres marchands de serge et de galons, c'est
une misère qu'il faut se garder d'accrocher. Il
ferait beau voir que Marietta, ma femme, mît
le nez dans le plus petit *autos!* Mais je n'ai nul
besoin de le lui défendre : sous ce rapport,
c'est une vraie perfection.

— « Bien, bien, mon bon seigneur Furano,
me dit le bonhomme à voix basse; sermon-
nez-la cette petite; faites-lui honte! Depuis
tantôt trois mois son caractère a changé singulièrement; elle est moins enjouée, et le commerce lui fait horreur.

— « Vous êtes trop bon, seigneur Jonathas.
Nous travaillons bien, nous autres; pourquoi
nos enfans ne travailleraient-ils pas? Allons,
signora... Comment l'appelez-vous, mon confrère?

— « Pampinetta, mon cher seigneur, répliqua le bonhomme.

— « Allons, signorina Pampinetta, vous lirez
une autre fois les balivernes de Cervantès, un
drôle qui n'avait pas un maravédis, ce qui
prouve que ses livres ne sont rien qui vaille...

— « Bien, bien, très bien, murmurait maître
Jonathas.

— « Et comme votre respectable père est
forcé de me quitter, vous allez m'aider à dérouler les serges, afin que je puisse choisir.

— « Mon père sait fort bien, seigneur, que
je n'ai pas cette habitude, dit-elle de fort mauvaise grâce.

— « Toute chose a un commencement, ma
belle enfant.

— « La Colorgna remplirait beaucoup mieux
que moi cet office ; je suis très faible, et mes
mains peuvent se passer de devenir vertes.

« Il me fut impossible de retenir un grand
éclat de rire, et l'admirable Andalouse me re-
connut.

— « Là ! là ! fit maître Jonathas, voyez-vous
la sucrée ! Il faut à cette pimpante des mains de

chanoinesse ; et ne croirait-on pas, à entendre
cette fille dénaturée, que ma serge est de mauvais teint ; n'en croyez rien, je vous prie, mon
ami ; voyez, moi j'ai les mains blanches, moi
qui en mesure pendant toute la durée du ca-
lendrier.

« Le fait est qu'il les avait vertes comme des
dos de grenouilles.

— « Quel récit en ferez-vous à votre labo-
rieuse femme, mon bon seigneur ? reprit-il ;
c'est le digne portrait de sa chère mère, ma
défunte, avec quelque chose de plus. Dieu
veuille avoir son âme, la pauvrette ! mais le travail de toute sa vie n'aurait pas suffi pour la
faire enterrer. Enfin elle l'est, cela m'a coûté
vingt carolus d'or avec les messes ; ainsi n'en
parlons plus. Mais voilà qu'on m'appelle pour
la troisième fois ; je vous laisse, mon cher seigneur ; donnez-lui quelques leçons, façonnez-
la, et vous, Pampinetta, ne soyez pas revêche,
perdez cet air hautain de gouvernante de cha-
noine ; la fierté aristocratique ne nous va guère

à nous autres sergiers; et d'ailleurs, nous n'avons pas tous les jours l'honneur de recevoir le seigneur Inigo Furano, le plus honnête et le plus riche marchand de Cadix.

« Après ces magnifiques instructions, le dépisteur de galans, le méfiant Jonathas nous quitta en m'exhortant à bien faire.

« O homme sublime! ô vanité!

— « Pampinetta! Pampinetta! m'écriai-je, mon adorée Pampinetta!!!

« Je l'enlaçai dans mes bras, je la pressai sur mon cœur, je baisai son front si pur, ses flots de cheveux si noirs, si chatoyans, si parfumés! J'avais plus de caresses que de paroles; mon cœur était si plein, mon âme si aimante! et j'avais tant de tendresse, et d'amour vrai, et de désirs, et d'orgueil! Et elle, la pauvre Espagnole, si délaissée, si comprimée, cette perle étincelante au milieu d'une fange si noire, cette nature d'ange perdue parmi des natures si vulgaires, elle, la Pampinetta, me regardait avec ses grands yeux humides, ses yeux pro-

fonds où la volupté était peinte; et ses lèvres
entr'ouvertes laissaient tomber d'instant en instant des paroles brisées, de délicieux murmures qui me faisaient oublier tout ce que j'avais
souffert pour elle.

« Ah! l'amour, l'amour quand on a vingt-
cinq ans! il n'y a de complétement beau que
l'amour. L'amour résume tous les sentimens,
toutes les ambitions et toutes les gloires!

— « Le désespoir tuait ma pauvre âme, me
dit-elle quand cette vive émotion fut quelque
peu calmée; tendre et cher seigneur! mon beau
gentilhomme du beau pays de France! qu'a-
vez-vous donc eu qui vous a si fort changé?
Qui pourrait vous reconnaître à cette heure?
Oh! vous êtes vieilli, vieilli!

— « L'inquiétude, l'inquiétude, ma divine,
notre séparation douloureuse, la crainte de ne
plus vous revoir et les misères qu'on endure
dans vos Espagnes. Mais maintenant que je suis
là, près de toi, à t'adorer, ma gracieuse fée,
mon âme va se retremper dans tes caresses, et

mon visage redeviendra brillant de santé. L'a-
mour opère d'inconcevables prodiges, il ra-
jeunit les vieillards, et que ne ferait-il pas pour
nous !

— « Prenez garde ! il me semble entendre
les pas de mon père.

— « Rassure-toi, ma jolie fille ; maître Jonathas a l'ouïe dure, l'œil terne et les pas pe-
sans.

— « Oui sans doute, mais il dit qu'il est à
lui seul plus habile que tous les sergiers de
l'Espagne.

— « Vanité, vanité, présomption, ma ravissante ; il se vante, et la preuve c'est que je
suis plus habile que lui, moi Inigo Furano.

— « Et... que comptez-vous faire désormais,
mon beau gentilhomme ?... me dit-elle avec une
hésitation naïve et toute pleine de tendresse.

— « Mais t'aimer d'abord, t'aimer ensuite,
et t'aimer toujours !

— « Toujours ! même quand vous serez vieux
et moi aussi ?

— « Oui, bel ange.

— « Eh bien, je serai votre femme; je m'appellerai la signora... Comment vous appelez-vous, mon noble seigneur ? je ne le sais pas encore.

« Tout cela n'entrait pas dans mes vues; j'avais encore des ménagemens à garder à cause de mes hautes dignités, et j'allais vraiment me trouver fort embarrassé quand par bonheur maître Jonathas vint à mon secours.

« Je l'entendis qui montait l'escalier.

— « Eh bien ! m'écriai-je en jetant rapidement quelques pièces de serge sur les comptoirs, voyez-vous, signora, que vos petites mains n'en souffrent guère. Elles sont tout aussi blanches que celles des belles nonnes d'Alcantara. Mais je suis maintenant forcé de l'avouer, ce serait une trop rude besogne pour vous que de dérouler ces grosses étoffes ; des mains aussi blanches, aussi délicates ne doivent toucher que la soie et le velours.

— « Bien, bien, raillez-la, me dit maître Jo-

nathas en entrant, qui prenait à la lettre toutes
mes paroles, tant la passion des affaires et l'a-
varice changeaient sa nature ; j'ai tant de faiblesse pour elle, que je la laisse complétement
libre de ses actions, tandis que vous, confrère,
un étranger, un homme de poids...

— « Voilà, lui dis-je, un grand choix d'étoffes,
mon maître, et demain je viendrai pour que
nous terminions.

— « Pourquoi pas aujourd'hui ? Je suis maintenant tout à vous ; on ne me dérangera plus.
La vente est finie, et me voilà tranquille.

— « Je préfère attendre à demain. J'ai d'ailleurs affaire à une lieue de Séville, et je vais m'y
rendre sur l'heure.

— « Quand vous reverrai-je ?

— « Après la sieste.

— « Oh ! mon cher seigneur, plus tôt, ou
plus tard. Tenez, il faut que je vous le confie,
me dit-il en m'entraînant mystérieusement
vers le fond de son officine, cette Pampinetta
est un trésor difficile à garder ; je la veux ma-

rier à un alcade ou à quelque homme de robe
bien famé; voilà pourquoi je ne me presse pas;
et, comme elle a des agrémens, ma boutique
ne vide point de galans qui achètent à tort et à
travers, si bien que j'y trouve plus mon compte
qu'eux le leur. Quand je vous ai quitté, c'é-
tait pour en congédier un encore, et un qui a
bonne cape et bonne épée! — un Médina Céli!
Mais Jonathas n'est pas homme à faire trafic
de la vertu de sa fille. Jonathas est marchand,
c'est vrai; mais il borne son négoce à la serge.
N'a-t-il pas pris pour prétexte, ce fier hidalgo, de s'informer de la santé d'un certain Catalan, un Antonio d'emprunt qui s'était faufilé
dans ma maison pour courtiser ma fille; un
ribaud de la société de ces beaux poursuivans
d'amour; mais comme je l'ai houspillé, berné,
bafoué! Ah! je leur ai fait voir à tous que si
Perez Jonathas sait vendre sa serge, il sait
aussi railler les grands d'Espagne; et je les ai
cruellement raillés, mon pauvre Furano! Parce
qu'ils sont nobles, riches, couverts de velours,

de soie et d'or, parce qu'ils barguignent en gens de cour, ces beaux godelureaux, ils croient nous faire avaler des couleuvres toutes vivantes, à nous autres marchands; mais à d'autres qu'à Jonathas ! Jonathas est un vieux renard qui sent la ruse d'une lieue ! Ils auront beau faire, pas un maintenant ne passera le seuil de ma cuisine.

— « Et vous aurez raison, mon vénérable confrère; mais il faut que je vous quitte; adieu, et faites bonne garde.

— « Oh ! je vous raconterai quelques bons tours qui vous divertiront. Demain nous ferons ensemble le repas du soir; la boutique sera fermée, et nous jaserons.

— « Eh bien, j'accepte, dis-je gaiement en songeant que ce souper pourrait m'être profitable.

— « A demain donc.

— « Allons, adieu, ma petite signora; ne me gardez pas rancune surtout. Nous autres marchands, nous n'avons pas de belles paroles

dorées comme les héros de Lope de Véga. Je
vous ai un peu brusquée, mais c'est pour votre
bien, et vous m'en remercierez quelque jour.

— « Comment donc, répliqua Jonathas, je
veux que ce soit à l'instant même.

— « Et je vous embrasserai si vous le permettez, ma chère signora.

— « Moi je le permets, mon cher confrère,
se hâta de dire le vieux sergier; songez, Pampinetta, que c'est mon meilleur correspondant
et ami.

— « Ah ! fis-je en riant, si au lieu de ma
longue barbe de Maure, je n'avais que l'élégante
moustache d'un beau cavalier, la signora serait
sans doute moins rebelle...

— « Mais ce serait à mon tour de l'être, fit
le bonhomme.

« Je m'approchai de la jolie Andalouse qui
faisait une moue charmante, jouant à merveille
la comédie; je l'embrassai bien fort sur ses
deux joues blanches et roses; et très vite et très
bas je laissai tomber ces paroles :

— « Demain, quoi qu'il arrive ne soyez pas surprise, et secondez-moi !

« Puis je les quittai pour aller rêver à l'intrigue diabolique que déjà je songeais à mettre en œuvre.

XXIX

Les Laquais de Bassompierre.

> Le laquais, à le considérer dans toute l'accep-
> tion du mot, est l'être le plus vil d'une société
> avancée en civilisation.
>
> Comte L. DE CHARNY.

« J'avais amené d'Italie un valet rusé en diable. C'était un homme de sac, de corde et de
potence, un véritable laquais d'amoureux. Il
avait au plus haut degré l'art de la fourberie :

il était menteur, voleur, railleur, très brave
quand il était le plus fort, et d'un pacifique
admirable dans les grandes occasions, c'est-à-
dire quand il était certain d'avoir le dessous en
toutes choses. Pour achever de vous le dépein-
dre, messieurs, je ne vous dirai plus qu'un
mot, il était Napolitain, c'est-à-dire laquais
accompli.

« Avec cet honnête homme qui s'appelait
Felipo, comme son roi, j'avais pour mon train
de maison deux autres valets de Languedoc et un
enfant perdu de quinze ans, aussi espiègle que
mons Felipo était intrigant. Ainsi, en récapi-
tulant bien, j'avais dans ma maison un Napolitain, deux Gascons et un bâtard de Normandie. C'était un luxe de gens d'esprit qui
n'auraient certes pas fait déshonneur à un
homme d'église. Sa sainteté Urbain VIII, notre grand pape, s'en serait parfaitement ac-
commodé.

« Je comptais beaucoup sur mes drôles, et

j'eus raison. Je me promenais sur les rives du
Guadalquivir le nez au vent, la puce à l'oreille,
avec une vanité d'enfer. J'ignorais encore par
quel moyen je parviendrais à cajoler la Pampinetta, à me venger de maître Jonathas, à rouler
tous mes grands d'Espagne en palpant leurs
beaux carolus; mais j'avais une telle confiance
en ma bonne fortune d'amoureux que je disposais déjà des six cent mille écus de Médina-Céli,
tout en savourant les voluptueuses caresses de
mon Andalouse. Il est vrai que je pouvais bien
être comme ces deux braves qui avaient vendu
la peau de l'ours avant que de l'avoir tué.

« En Espagne, il faut une très grande audace,
et Dieu sait que j'en avais autant que d'amour-
propre. — La crainte et la modestie n'ont jamais beaucoup fréquenté mon logis, ce qui
faisait que j'étais à merveille dans la patrie du
Cid. Me voilà donc à courir après une idée lumineuse. Je regardais les eaux brillantes du
fleuve glisser lentement sous les pâles rayons

de la lune, et les barques noires qui fuyaient
dans l'éloignement, et les hautes maisons toutes
silencieuses qui miraient parfois dans les paisibles ondes les vacillations d'une lampe étincelante dont chaque souffle de la brise venait
scinder le jet de lumière. Toute cette sublime
poésie de la nature inspire des idées ; en face
de ces merveilles étalées sous vos yeux avec une
profusion si luxeuse, on éprouve le besoin de
réfléchir, on plonge au-dedans de soi-même, on
aiguise son intelligence, et il finit toujours par
en jaillir quelque chose. C'est ce qui arriva cette
fois encore. — La nature ou l'amour m'avaient
singulièrement inspiré. Je bondis de joie comme
un jeune cerf qui sent la force de ses nerfs. Je
sentais, moi, que mon génie d'intrigue revenait
plus puissant que jamais, et j'adressai en action
de grâces une hymne à la fortune. — C'était, il
vrai, une hymne en prose, car alors je n'avais
pas à ma discrétion un poète pour secrétaire,
et je ne m'étais pas mis encore à versifier comme

je l'ai fait plus tard. Mais à bonne intention,
bonne absolution. (1)

« Je me mis à courir les *calle* désertes des bas
quartiers de Séville, joyeux comme un licencié
qui possède cent réaux, et bientôt j'arrivai à
mon hôtellerie située près de l'Alcazar. Mes
coquins de laquais jouaient aux dés, se volant
à qui mieux mieux mon argent. Ce qui me fit

---

(1) Le maréchal de Bassompierre eut pour secrétaire un poète
assez célèbre, Claude de Malleville, né à Paris en 1596. C'était
un homme d'un esprit fin et élevé. Il a fait une délicieuse para-
phrase du fameux psaume : *Super flumina Babylonis*, et l'on connaît cette touchante élégie qu'il écrivit à propos de l'incarcération
du maréchal :

> Lorsque le beau Daphnis, la gloire des fidèles,
>   Perdit la liberté qu'il ôtait aux plus belles...

C'était aussi un homme d'un noble caractère. Avant la création
de l'Académie française, les savans se réunissaient chez Conrart,
un secrétaire du roi. Le cardinal de Richelieu, qui aspirait à toutes
les gloires, leur offrit son palais; mais Malleville refusa fièrement
d'abord, parce qu'il ne voulait pas se trouver en présence de l'ennemi de son maître ; il y avait du courage alors à agir ainsi avec
l'homme à la robe rouge. Malleville avait aussi été au cardinal
de Bérulle, mais il le quitta pour revenir auprès de son ancien
bienfaiteur quand il fut prisonnier à la Bastille.

plaisir, c'est qu'ils le défendaient aussi bravement que si c'eût été le leur.

— « Allons, mauvais drôles, debout ! m'é-
criai-je; faites vite les paquets; il faut se hâter
de déguerpir de céans. Toi, Felipo, en ta qualité
d'habile homme et de Napolitain, tu vas courir
sur l'heure les hôtelleries; il me faut pour
demain huit mules et une litière.

— « Nous enlevons la dame, monseigneur?

— « Je ne te paie pas pour m'interrompre,
ruffiano !

— « Pas cette fois, monseigneur; je me per-
mettrai de le faire observer à votre grandeur.

— « Tais-toi, Felipo, et écoute; imite les
graves mangeurs de macaroni de ta patrie, l'a-
dorable Naples! Il me faut, te dis-je, une litière et huit mules; peut-être rien de tout cela
ne servira pour moi; mais n'importe, vous pour-
rez en ce cas faire les gentilshommes. Allons,
hâte-toi, Felipo.

— « A vous autres, Gascons du diable! continuai-je; ayez grand soin de mes vêtemens;

arrangez le tout sur les mules et disposez-vous à
partir pour Tolède; nous retournons en France.

« L'hôtelier ouvrait de grands yeux tout
bêtes, ne sachant à quoi attribuer un départ si
précipité, lui qui comptait sur de gros béné-
fices, mais je le détrompai en le payant; et, pour
que ma ruse n'échouât pas, dès que mon Napolitain fut de retour avec les mules, la litière
et deux muletiers, on chargea mes bagages, et,
malgré la nuit, nous prîmes le chemin de la
Rinconada, petit village situé à deux lieues de
Séville.

« Ce fut le point que je jugeai le plus favorable pour diriger sûrement mes opérations; et
vous allez voir, messeigneurs, si ce n'était pas
une bonne ruse d'amoureux, même dans un
pays d'imagination comme l'Andalousie.

« Après le dîner, que j'avais largement ar-
rosé de vin délicieux d'Almunnequar pour me
mettre en belle humeur, je fis venir mes laquais;
ils n'étaient pas tout-à-fait ivres, les drôles, mais
ils avaient une verve, une jactance et une au-

dace qui aurait fait pâlir plus d'un avocat de
Toulouse. C'était une excellente disposition
pour mon coup de main. Ensuite, il faut le
dire à l'honneur de leur caractère, ils m'étaient
singulièrement attachés ces coquins! ils se seraient fait rouer pour moi... et pour l'appât de
mes pistoles, car ces honnêtes gens me traitaient
de turc à juif, c'est-à-dire qu'ils me pillaient
comme des corsaires. Un grand seigneur, insouciant, joueur, amoureux, qui roule sur l'or, est
toujours adoré de ses laquais. Il les mènerait
avec lui en enfer !

— « Dites-moi, coquins, votre vin sera-t-il
cuvé à la nuit tombante ?

— « Monseigneur veut se gausser de nous,
dit le Napolitain qui avait avec moi un assez
franc-parler : nous sommes presque à jeun,
attendu que nous étions en train de dîner
quand son Excellence nous a ordonné de venir.

— « Nous tenions sous le pouce une tranche
de jambon de Malaga, salée en diable, monseigneur, et mince comme une feuille de saule,

ajouta un de mes deux Languedociens qui avait
autrefois été à M. d'Espernon, et nous étions en
train de l'arroser avec quelques cornes de vin
d'Alcantarilla, de la vraie piquette, qui ne vaut
pas assurément le vin d'Almunnequar, quand
votre Excellence nous a ordonné de venir.

— « Il paraît, maître drôle, que vous avez
humecté votre jambon avec de l'Almunnequar.

— « Une misère, monseigneur, répliqua vivement l'autre Gascon qui avait la tête plus
forte, et qui craignait de l'inconséquence de la
part de son larron de camarade, le petit Michel
le Bayeusin, un honnête garçon, a cru devoir
répondre aux politesses que nous lui avons faites
à Séville, et le fils de l'hôtelier étant venu lui
proposer de jouer aux dés, il l'a plumé en véritable Normand; c'est-à-dire qu'il a laissé
l'autre sur la place sans le plus petit maravédis, et nous rincions la première bouteille
quand votre Excellence nous a ordonné de
venir.

« Je jugeai plus convenable de ne rien dire

à mon espiègle Bayeusin, car il était pour le moins aussi fin que les autres, et il n'eût eu garde de manquer à terminer son discours par l'inévitable phrase : *Quand votre Excellence nous a ordonné de venir.*

« Enfin, m'écriai-je impatienté de leurs beaux dires, il faut que chacun soit ferme sur jambes, l'esprit dispos, la langue alerte et fine.

— « Nous serons des héros, monseigneur, si vous le permettez, dit le Napolitain.

— « Ecoutez-moi tous, drôles ! et si un de vous bronche, je l'assomme et le laisserai en Espagne sans un écu. Nous allons partir sur l'heure pour Séville.

— « Pour Séville ! dit le Napolitain très fort surpris.

— « Oui, monseigneur Pulcinello, et j'espère que votre Excellence voudra bien m'y accompagner.

— « Mon Excellence est très débonnaire, monseigneur ; elle est d'ailleurs trop heureuse d'accéder à toutes les fantaisies de votre grandeur.

— « As-tu quelque teinture de science, Fé-
lipo?

— « Mais... sans être de l'illustre *Académie
des Portiques*, je me vante de n'être pas tout-à-
fait un âne bâté; je suis d'une assez belle
force en chirurgie, *cognizione chirurgia*. J'ai,
dans ma jeunesse, été apprenti barbier *alla'
piazza del mercato a Napoli*, monseigneur; je
saigne à merveille, j'applique en vrai *chirurgo*
les emplâtres, et les baumes; je recasse fort
habilement les bras et les jambes. — Je dois
vous dire que je ne les remets pas tout-à-fait
aussi bien. — Mais personne de notre compagnie
n'a les os rompus, je pense, et.....

— « Sais-tu le latin? lui dis-je brusquement
en coupant court à ses digressions.

— « Comment! si je sais le latin, monseigneur, s'écria mon audacieux Napolitain, si je
sais le latin! Le latin, c'est la langue mère de
l'Italie, le latin, cette langue des savans.... *In-
troïbo ad altare Dei. Ad Deum qui lœtificat ju-
ventutem meam.*

— « Cela prouve, pédant, que tu sais l'ordinaire de la messe, et voilà tout.

— « En voulez-vous d'autre ? Tenez : *Beati
qui habitant in domo tua, Domine ! In sæcula sæcu-
lorum laudabunt te* (1), c'est-à-dire : Les béats,
qui habitent dans ta basilique, ô Seigneur, de
siècle en siècle t'adresseront leurs louanges, et
toi, Seigneur, qui n'es pas un ingrat, tu leur
donneras en récompense d'excellent macaroni à
bouche que veux-tu ! — Voilà une traduction
littérale, telle que l'a faite le révérend franciscain
Orrigenes Veterano. Savez-vous cette belle langue latine, vous, monseigneur ?

— « Belle question de fat ! Mais ce que je te
demande, c'est de savoir si tu es capable de
faire un bout de conversation en latin, pour
avoir l'air d'un homme de science aux yeux
d'un rusé compère.

_____

(1) « Bienheureux ceux qui habitent ta maison, Seigneur, ils
te loueront jusqu'à la fin des siècles. » Mais Felipo le Napolitain
est bien libre de traduire le psaume en franc lazzarone.

— « Enfin ce rusé compère est un Espagnol, n'est-ce pas? me dit-il, et moi je suis Napolitain; c'est vous dire assez, monseigneur, que je le vendrais six fois de suite, comme une glane d'oignons.

— « Pas de fanfaronnade, Felipo ; nous te verrons à l'œuvre. Mais voici le soleil qui s'abaisse rapidement à l'horizon; allons, Ribesac, Bibrac, Michel, vite sur les mules, il faut partir.

— « *Per Bacco !* si je sais ce que veut de nous monseigneur, dit Felipo, je veux bien qu'on me frictionne la gorge avec une aune de corde ; mais n'importe ! alerte, vous autres, le nez au vent, le dos au soleil, à la grâce de l'amour, et vivent les Napolitains !

— « Et les Normands donc! s'écria le petit Bayeusin.

« Un quart d'heure après cette drôlerie, nous étions tous les cinq sur la route de Séville.

« Nous avions l'air d'une franche caravane de joyeux enfans de la Bohême montés, comme nous l'étions, sur de méchantes haridelles de mules. Mon Napolitain, qui portait une souquenille noire de licencié et une toque garnie de fourrure, malgré l'extrême chaleur, produisait un effet des plus divertissans. Chemin faisant, je donnai à mes gens des instructions ; et, quand nous fûmes arrivés à la *Venta lacta deros*, tout près de la porte de Séville, je sautai à bas de mon humble monture ; et, prenant à part mes Gascons et Felipo, je leur remis une lettre que j'avais écrite à la hâte.

— « Suivez de virgule en virgule, coquins, tout ce que j'exige de vous dans ce papier ; n'y faites faute, si vous tenez à la conservation de vos os.

« Et, emmenant Michel le Bas-Normand avec moi, j'entrai bravement dans Séville, où m'attendaient de nouvelles gloires et de nouveaux dangers.

XXX

Une Aventure de voleurs.

« Nous allâmes nous loger dans une hôtellerie borgne, à l'autre bout de la ville, sur le grand chemin d'Utrera. J'étais sur des épines, et quiconque a une âme doit comprendre quelle dut

être ma position. Toucher de la main la palme,
et ne pouvoir s'en faire une gloire; voir la belle
fleur dont on a suivi chaque jour l'éblouissant
accroissement, et ne pas savoir si le destin
vous permettra d'en aspirer les délicieux parfums, j'éprouvais tout cela, et c'était cruellement
souffrir.

« Je me rendis enfin chez le vieux sergier,
accompagné de mon petit laquais. Il était tard,
et déjà le bonhomme désespérait de ma venue.
Aussitôt il fit fermer sa boutique, bien qu'il ne
fût pas huit heures. Jamais pareille chose ne lui
était arrivée depuis cinquante années qu'il faisait le négoce; c'était une infraction inouie à
ses habitudes laborieuses et pleines de mesquinerie : les courtauds se regardaient étonnés;
les voisins formaient mille conjectures, et son
ennemi el Pastor se réjouissait, la bonne âme,
croyant que maître Jonathas devenait fou. Et
tout cela était pour mieux me recevoir, moi
Inigo Furano, moi qui devais faire une si
grosse dépense de serge et de galons.

« Il me reçut, vulgairement parlant, à bras
ouverts et le cœur sur les lèvres. On avait tiré
du bahut de la défunte (1) un ample doublier
œuvré de Flandre tout jauni, ainsi que les ser-
viettes, qui n'avaient pas vu le jour depuis le
baptême de Pampinetta. — Or, ce jour-là, monseigneur Orroa, le beau Manoël, avait bien voulu
faire l'honneur à maître Jonathas de venir voir
la charmante accouchée à laquelle il prenait un
tendre intérêt, le saint homme, et il avait, par
la même occasion, soupé chez le sergier débonnaire.

« Les courtauds ne se possédaient pas devant
cette table si somptueusement servie ; ils ou-
vraient des yeux vifs et brillans ; leur cœur
s'épanouissait sur leur visage. Là, c'était un
jambon de Tolède, flanqué d'une purée à la

---

(1) Les armoires ne remontent pas haut dans l'histoire de l'a-
meublement. Ces beaux coffres sculptés qu'on admire dans les
cabinets des antiquaires en tenaient lieu. A chaque fille qu'on
mariait, on donnait un coffre ou bahut, plein de linge et de vêtemens. On apportait ce meuble dans un chariot découvert, et les
parens y mettaient une très grande ostentation.

rocambole, qui trahissait furieusement son fruit
à l'odeur ; c'était une éclanche rôtie à la ficelle
devant l'âtre ; et, pour légumes, au lieu des
éternelles fèves, maître Jonathas, soudainé-
ment transformé en Lucullus, avait fait acheter
de magnifiques asperges.

« Tout ce luxe culinaire me mit fort à l'aise,
et me favorisa. Quiconque mange avec glouton-
nerie n'observe rien ; je pus donc impunément
admirer, dévorer du regard ma merveilleuse
maîtresse : ses yeux à elle me lançaient des
flammes éblouissantes ; je lisais jusqu'au fond
de son âme le magnifique poëme amoureux
qu'elle recélait, et je me disais avec une amertume infinie : Tant de grâces, de passions, de
voluptés seront-elles donc pour moi comme ces
feux follets qui ne servent qu'à désespérer le
voyageur, ou à l'attirer sur le chemin des
abîmes ?

« Puis j'éprouvais parfois une sorte de remords en contemplant cette adorable fille.

J'allais troubler cette candide existence ; je la
briserais après l'avoir fanée, — comme les ondes paisibles d'un ruisseau qui caressent long-
temps le roseau tremblotant ou la feuille flot-
tante du nénuphar : viennent les jours pluvieux
de l'hiver, et les ondes, grossies par l'avalanche,
déchirent ces frêles et belles plantes, verte parure de leur surface, pour les aller ballotter
jusqu'au fond des océans !

« Puis, en fixant de nouveau mes yeux sur
elle et en voyant de grands yeux noirs et ve-
loutés qui me souriaient, je songeais à ce beau
vers de Pétrarque que je disais bien bas :

> Di qual sol nacque l'alma luce altera?... (1)

« Et l'ombre du gigantesque sculpteur, le
Buonarroti, murmurait au fond de mon âme
ses rimes passionnées :

---

(1) « De quel soleil reçus-tu donc ta brillante lumière ? »

Occhi, mia vita, non ha luce poi ;
Che'l ciel non è dove non sete voi. (1)

« Alors je redevins l'insouciant et voluptueux cavalier aux maximes bien amples, à la
conscience facile. La clémence d'Auguste fut
fort belle assurément ; mais le moyen d'être
généreux quand une bouche rose vous mord
au cœur, quand des yeux ardens aiguisent sans
cesse vos sens et enivrent votre esprit ? Il y a
dans la vie des instans où la vertu est parfaitement ridicule, avouez-le, messieurs, et c'eût
été le cas cette fois si par une belle générosité
j'avais abandonné ma gracieuse conquête. —
Mais comme j'ai toujours redouté très fort le
ridicule, si noble, si honorable et si ennuyeux
qu'il soit, je dis à ma conscience : Tais-toi,
ce qu'elle fit assez bravement, et je poursuivis
ma mission de vengeur et de voluptueux.

---

(1) « Beaux yeux qui me donnez la vie ! se séparer, c'est se
« priver de la lumière ; car le ciel n'est plus où vous n'êtes pas. »
Michele-Angelo Buonarroti, a Vittoria Colonna. Madrigale V.

« Le souper eut un terme; les courtauds, scrupuleux observateurs des habitudes tracées par maître Jonathas, les courtauds se retirè- rent. — Nous parlâmes serge et galons, le bon- homme et moi. — Je donnai des détails sur Cadix à la Pampinetta; et, comme le vieillard ne s'endormait pas, à mon grand désespoir, qu'il était onze heures, il fallut songer à la re- traite.

— « A demain donc, très cher confrère, lui dis-je; demain matin nous terminerons toutes nos affaires.

— « Oui, maître Furano, et que Dieu vous garde d'accident. Il est bien tard.

— « Nous ne sommes plus aux temps des guerres civiles, répliquai-je en riant. Allons, Michel, la dague au poing et gagnons preste- ment notre hôtellerie.

« La pauvre Pampinetta me jeta un regard tout triste; elle semblait inquiète; les rues de Séville étaient assez dangereuses les nuits, et au fond de son cœur la délicate et gracieuse

Andalouse, je crois bien qu'elle préférait que
je restasse sous son toit... par intérêt pour ma
personne ; mais le vieux Jonathas ne desserra
pas les dents pour m'offrir un lit, lequel lit
j'aurais fort volontiers accepté.

« Nous étions à peine à dix pas de la maison
du sergier, Pampinetta s'était mise à sa petite
fenêtre et me suivait des yeux, lorsque, tout à
coup, plusieurs hommes s'élancent sur moi, me
frappent à coups de bâton, me renversent, me
dépouillent et me volent... Je crie au meurtre !
Mon poltron de Michel se sauve en hurlant
comme un Africain, et tous ces cris, éveillant les honnêtes bourgeois de la rue des Sergiers, les uns se mettent à leurs fenêtres,
d'autres, plus braves, commencent à ouvrir
leurs portes, et les voleurs, effrayés et d'ailleurs satisfaits de leur coup de main, me
lâchent après m'avoir donné de nouveaux
horions et s'enfuient à toutes jambes.

« El Pastor, le rival de maître Jonathas, fut
un des premiers à me porter secours.

— « Ah ! Jésus ! s'écria-t-il avec l'apparence de la plus profonde douleur, c'est ce bon seigneur Iñigo Furano, le riche marchand de Cadix ! Pourquoi aussi est-il venu souper chez ce maudit juif de Jonathas ? Ce vieux corbeau lui aura porté malheur.

— « Dans quel état ces brigands ont mis ce riche seigneur, ajouta un autre sergier ; il est tout ensanglanté, on dirait qu'il est mort.

« Je poussai un gémissement plaintif afin qu'ils ne m'abandonnassent point en cette situation. Michel, voyant qu'il n'y avait plus rien à craindre, sortit de dessous l'auvent où il s'était blotti et accourut près de moi.

— « Mon pauvre maître, mon bon seigneur Furano, disait-il en pleurant, rouvrez les yeux, c'est moi, Michel, votre serviteur, votre petit laquais ; de grâce, mes bons seigneurs, donnez-moi du linge et un vase plein d'eau que je puisse étancher ce sang qui étouffe mon pauvre maître.

— « On ne peut pas laisser ainsi dans la rue

le plus riche marchand de Cadix, s'écria el
Pastor avec chaleur; José, aidez-moi, nous allons transporter ce seigneur chez moi. Il ne
sera pas dit que el Pastor laissera mourir un
chrétien dans la rue comme un chien. — Et
puis, pensa-t-il, s'il en revient, il me devra
de la reconnaissance, et j'enlèverai à ce vieux
coquin de Jonathas le plus beau fleuron de sa
boutique.

— « Allons, petit, dit-il à Michel, soutiens
la tête de ton maître, et vous, José, prenez
les jambes.

— « Doucement, voisin, doucement! s'é-
cria Jonathas qui venait d'arriver sur le lieu
du meurtre avec ses trois courtauds; maître
Inigo Furano est mon hôte, et je ne souffrirai
pas!...

— « Vieux Morisque! vous arrivez pour
porter secours quand tout est fini, répliqua
el Pastor avec colère; vous n'étiez pas couché,
vous, quand ce malheureux seigneur a reçu les

premiers coups de dague et poussé les premiers
cris, et pourtant vous n'êtes pas venu !

— « C'est bon, c'est bon, dit Jonathas,
mais il y a encore des lits dans la maison de
Perez Jonathas pour ses amis malades. Allons !
Sanche, Juan, Miguel, prenez ce galant homme
que la fortune a si cruellement traité, la ma-
râtre ! et portez-le chez moi ; nous le mettrons
dans la chambre au fond du corridor.

« Quelques instans après, j'étais étendu tout
sanglant sur le lit du bon sergier, à sa grande
joie et liesse, par rapport à son ennemi el
Pastor qui enrageait...

« Je vous laisse, messieurs, le soin de vous faire
une idée de la douleur que ressentit Pampinetta
quand elle me vit là, tout meurtri, mes vêtemens
déchirés, le visage couvert de sang, la barbe
hérissée, les cheveux épars. — Sa pauvre tête
se perdait ; son imagination se créait mille fan-
tômes effrayans, elle voyait passer devant elle
des spectres funèbres, — et maître Jonathas,
absorbé dans des calculs sordides, ne songeait

nullement à me faire donner des secours, de
sorte qu'on m'aurait parfaitement laissé mourir
si j'avais eu à trépasser promptement ; il ne pen-
sait, le vieil avare, qu'à sa mauvaise étoile qui
me faisait assassiner avant que de m'être livré
de ses nombreux ballots de serge !

« Sur ces entrefaites, arriva un certain docteur Minutolo que le petit Michel était allé
chercher. On entoura mon lit : le docteur fit
quelques préparatifs ; on m'enveloppa de com-
presses, et Minutolo, après avoir pris un beau
maintien de comédie, comme toute la confrérie
assassine, hocha de la tête deux ou trois fois,
et, regardant Jonathas en faisant l'arc avec sa
bouche, il s'écria d'une voix vibrante et grin-
çante :

— « *Sangue di Christo ! per il divo Esculapo !
ché natura cattivissima !* LATRONIS, LATRONIS
HISPANIÆ ! par Hippocratès ! ce moribond est
fort malade.

— « Fort malade ! répéta Jonathas en songeant à sa serge non livrée. Je n'aurai donc

que la peine et nul profit, murmura-t-il les
dents serrées. Croyez-vous que cet honnête seigneur s'en réchappe, docteur ?

— « Hum ! je ne veux pas m'engager. Mais
en tout cas il est fort malade : il a les vertèbres
fracturées, le tibia est luxé, les mendibules ont
beaucoup souffert. MENDIBULIS DOLORIBUS ! Savez-vous le latin, maître Jonathas ?

— « Hélas ! non, savant docteur.

— « LINGUÆ LATINÆ, ROSA, la rose ; une
langue superbe, maître Jonathas.

— « Je ne sais que la langue de mon pays,
savant docteur ; je comprends aussi le français,
par-ci par-là ; mais mon plus grand savoir est
d'auner de la serge.

— « AUNARE SERGIARE. Ores, QUESTI MALATI
NON SE POUVARE RICONDOTARE SUBITO A SUA LO-
CANDA, c'est-à-dire, maître, puisque vous avez
le malheur de ne pas comprendre la langue latine, cette belle langue, et la langue italienne,
une autre langue sublime, c'est-à-dire : Ce
seigneur si malade ne peut être reconduit subi-

tement à son hôtellerie sans de graves dangers.

— « Vous croyez, savant docteur ? dit Jonathas d'un air fort préoccupé.

— « Je suis payé pour cela, mon brave
homme : quand on a pris comme moi ses degrés
à la célèbre université de Bologne, la plus docte,
la plus noble, la plus grande, la plus illustre
de toutes les universités du monde chrétien.
UNIVERSITATIS BOLOGNENSIS ! AMEN.

— « Oh ! oui, *amen*, pensai-je en entendant
le jargon barbare de ce pédant, devant qui le
vieux sergier se tenait en extase; il ordonna
ensuite plusieurs remèdes fort insignifians et
inutiles, puis il se retira en disant :

— « Que quelqu'un le veille, et s'il demande
à boire, donnez-lui de l'eau, de l'eau pure,
entendez-vous. L'eau, c'est le plus simple et le
meilleur de tous les remèdes. Il faut aussi se
garder de faire le plus léger bruit dans cette
petite chambre; une seule personne devra rester près de lui, deux pourraient avoir de fa-
tales influences. *Credo*... Mais j'oublie que vous

ne savez pas le latin, maître. Je crois que ce
sera l'affaire d'une vingtaine de jours, voilà son
pouls qui va bien; il rouvrira les yeux cette
nuit même. Allez, consolez-vous, seigneur, et
votre ami vous sera rendu.

— « Vous croyez ! dit le marchand avec une
joie inconcevable.

— « Dans douze jours je pense pouvoir vous
le certifier. En attendant je viendrai le voir
chaque soir; surtout n'appelez pas d'autre médecin : dans un accident pareil, deux médecins
seraient capables de causer quelque grave désordre. Et maintenant vous pouvez vous aller coucher, maître Jonathas, l'air de la nuit est frais,
et vous pourriez gagner la fièvre. *Vale, domine*.

— « Quel savant homme ! murmurait Jonathas en vérouillant la porte de sa boutique;
oh ! j'ai confiance en lui; il parle latin comme
l'archevêque de Tolède; l'italien comme le
vice-roi de Naples; il guérira mon brave
correspondant, mon ami; nous aurons cette
gloire, et... je trouverai bien moyen de lui faire

II.   16

prendre le double des marchandises qu'il devait acheter. La reconnaissance est une vertu forcée....

« Le bonhomme recommanda au petit Michel d'avoir grand soin de moi, Pampinetta aussi ; et, s'approchant du Bayeusin, elle lui dit qu'elle viendrait le relever dans la nuit, afin qu'il pût dormir. Après cela, mes hôtes s'allèrent coucher.

« Une heure à peine s'était écoulée quand l'Andalouse revint, toute vêtue de blanc, comme une gracieuse figure aérienne. Elle renvoya Michel ; et, dès que nous fûmes seuls, au milieu de cette nuit silencieuse, dans cette vaste et sourde maison encombrée d'étoffes, elle s'empara de ma main qu'elle baisa, et se mit à verser des pleurs bien amers...

— « Console-toi, Pampinetta, console-toi, ma bien-aimée, lui dis-je d'une voix qu'elle pouvait à peine entendre ; prends garde, et pardonne-moi de t'avoir fait souffrir.

« Puis, arrachant les linges qui entouraient ma tête, je me soulevai rapidement, et la pres-

sant contre mon cœur, je lui dis à voix basse,
mais avec un transport d'enthousiasme :

— « Je t'aime, je t'aime, Pampinetta ! Ces
voleurs, ces blessures, ce docteur, tout cela
n'est qu'une comédie ! !

« Je vous laisse à penser si la pauvre Andalouse tomba de son haut.

« Voilà quelle était ma ruse : Mes Gascons
avaient tout bonnement fait l'office de voleurs ;
ils m'avaient souillé de sang et de poussière ;
Michel avait joué son rôle à merveille ; et le
docteur Minutolo, cet illustre savant qui par-
lait latin comme un Turc, n'était autre que
mon faquin de laquais napolitain.

« Et à dater de cette heure, je me dis : Cette
fois, à moi la jolie fille... et les carolus de Médina-Céli ! »

— Quelle bonne ruse, monsieur le maréchal ! s'écria le chevalier de Jars. A vous la
palme.

— Avouez que vous avez cent fois mérité
la corde, ajouta l'abbé de Foix. Un homme
comme vous est un fléau pour l'humanité.

— Les fléaux de l'humanité, répliqua vivement le bouillant chevalier, sont les hypocri-
tes qui ont la prétention de faire les moralistes ;
quant à ces beaux cavaliers d'amour comme
l'était M. le maréchal, ils en sont la joie et non
les fléaux.

— Les dissertations sont bannies de céans,
dit Leuville ; continuez de grâce, monsieur de
Bassompierre.

« Quand cette adorable jeune fille se vit
seule avec moi, reprit le maréchal, la pudeur,
ce sublime sentiment qui distingue la femme,
la pudeur vint l'envelopper de son mystérieux
voile. Elle demeura silencieuse ; elle n'aban-
donna pas ma main, mais je sentis, et la pul-
sation plus rapide devenant douloureuse, et
le froid qui arriva insensiblement ; cela me fit
mal, je l'avoue à cette heure. Puis, toute rouge
d'une noble crainte, ayant de gros pleurs

tremblant sous ses longs cils, la voix émue, saccadée, éteinte, elle me dit en appuyant sa gracieuse tête sur ma poitrine :

— « Je ne sais pourquoi je tremble, seigneur
gentilhomme; mais j'ai peur de vous, et pourtant, je vous aime, je vous aime, mon beau
gentilhomme! Rassurez-moi.

« Cette naïveté sublime, cet abandon, cette
confiance firent plus d'impression sur moi que
ces grands mots, ces fàcheries apparentes, ces
colères, ces résistances qu'emploient les femmes
qui jouent la pudeur. En amour, la femme qui a
dans le cœur une passion grande et vraie, résiste
peu ou résiste mal; elle aime, et ne peut cacher sa
joie d'être aimée. — Les plus grands sacrifices
lui semblent être le complément de sa passion;
et, heureuse de plaire, elle cède. — Les femmes
les plus vertueuses, les plus chastes, sont celles
qui font de moins vives résistances. Une coquetterie prolongée n'est qu'un moyen d'ai-
guiser davantage; et, loin d'être une vertu, on
peut appeler cela de la rouerie en style cavalier.

— « Pampinetta, lui dis-je avec amour, Pampinetta, vous êtes une créature angélique. Vous
êtes plus qu'une femme ordinaire. A la perfection de la beauté humaine, vous joignez une
âme divine; ne soyez donc pas effrayée; malgré
les préjugés qui m'interdisent une union dis-
proportionnée, je ne vois pas qui m'empêche-
rait de les combattre et de les vaincre.

« En effet, messieurs, j'étais tellement épris
de la vertu de cette fée, et de son intelligence,
et de sa beauté, que je songeais réellement à lui
donner mon nom. La grâce et l'intelligence va-
lent bien des titres de noblesse; je vous dirai
même que je crois que cela vaut mieux. — Car
assurément la noblesse écrite ne peut marcher
de pair avec la noblesse de fait; et je place bien
plus haut le premier d'un nom que le dernier !

« Mais comment résister long-temps aux
charmes d'une femme qu'on idolâtre, quand
on vit avec elle nuit et jour, qu'on se voit à
toute heure, et que l'amour seul préside aux

longues et brûlantes causeries ?—Il faut conclure, et c'est ce qui arriva vite...

« Il y avait déjà dix jours que je menais cette
vie enivrante, quand Miguel, un des courtauds
de maître Jonathas, vint me dire que le directeur de la police et un docteur voulaient me voir.
J'étais debout alors, dans la mystérieuse chambre de ma maîtresse, où je passais mes jour-
nées depuis que Minutolo avait proclamé ma
convalescence. J'aurais bien voulu éviter ces importuns visiteurs qui ne me présageaient rien
de bon ; mais mon affaire ayant fait passablement de bruit, la police pouvait bien vouloir y
mettre son nez, elle qui d'habitude le met partout.

« Je pris un air bien souffrant, je brisai ma
chevelure, et j'écartai violemment ma longue
barbe ; puis, enveloppant mon bras gauche avec
rapidité, j'attendis tout bouleversé les hauts
alguazils.

— « Couvre-toi de ta mantille, mon adorée, dis-je à Pampinetta, mais reste. Ta présence m'inspirera pour répondre à ces fâcheux.

« Miguel introduisit deux hommes jeunes encore, au maintien composé, à la démarche peu assurée pour des hommes de police. Le directeur prit la parole et me questionna sur l'événement dont j'avais été la victime. Il me dit que des malfaiteurs avaient été arrêtés et qu'on me les amènerait le lendemain pour la confrontation. Jugez si cela me contraria fort; mes coquins de Gascons étaient bien des hommes à se faire pendre; mais, outre cela, ils me compromettaient.

« Le docteur examina mes prétendues blessures, et voulut me faire retirer les ligatures de mon bras. Je m'y opposai singulièrement, et pour raisons bien légitimes.

— « J'ai un excellent médecin, dis-je, et lui seul doit me panser. Vous en avez suffisamment vu, seigneur.

« Maître Jonathas entra en ce moment dans

la chambre, et je tremblais des moindres paroles de ce maudit docteur.

— « Vous pensez donc, savant docteur, que
le bon seigneur Furano sera bientôt en état de
sortir, dit le vieillard.

— « Je crois même qu'il le pourrait sur
l'heure s'il le voulait fortement, repartit le
docteur ; les blessures de ce genre sont peu
dangereuses, et vraiment, le seigneur Furano,
je crois.....

— « Oui, répliquai-je avec vivacité, le seigneur Furano pour vous servir quand il sera
hors d'ici, messeigneurs.

« La voix de ces deux hommes, leur contenance embarrassée, m'avaient frappé ; puis, à
l'expression malicieuse qui avait animé le visage
du docteur en parlant de mes blessures à Jonathas, je les examinai plus attentivement tous
les deux, et je reconnus, messieurs, mon beau
parieur, Médina-Céli, et Trabuxena !

— « C'est bien lui, murmura Médina-Céli à
son diable de compagnon ; mais a-t-il été réelle-

ment assassiné , ou si c'est une ruse de ce
madré compère? Oh! que je le voudrais savoir!

—« Demain nous lui amènerons un médecin
qui nous dira toute la vérité.

« Ils se retirèrent ; et, comme j'avais entendu
leur conversation, je m'avançai vers eux; et, les
rejoignant sur l'escalier, je laissai tomber ces
mots à voix basse :

— « Médina-Céli, et vous, Trabuxena, si
vous dites un mot, je vous tiens pour des
infâmes!

« Et, l'âme pleine de craintes de me voir
arracher des bras de ma délicieuse maîtresse,
je revins pour la rassurer, quoique, au fond de
mon cœur, je n'eusse aucun courage, et que
je m'attendisse à tout instant à voir accourir
tout furieux le terrible Jonathas.

XXXI

De la Tragédie qui arriva à propos d'une promenade à l'Alameida.

> Rassurez-vous, mesdames, toutes les passions ne finissent pas mal.
>
> *La Comédie à l'auberge.*

« A dater de ce jour, mon bonheur fut empoisonné ; mes terribles railleurs me poursuivaient dans ma pensée comme des spectres. — Je les voyais sans cesse ; ils étaient là toujours, et il me semblait voir briller l'œil profond et sardonique du vieux sergier. Pampinetta était aussi devenue toute triste. Cette cruelle inquiétude de mon esprit ne lui avait pas échappé; elle en souffrait sans se plaindre, car elle présageait quelque grand malheur, puisque je ne lui ouvrais pas mon cœur, moi qui tant l'aimais!

« Malgré mon extrême habileté, l'attitude du malade disparaissait, et le bonhomme Jonathas commençait à me railler de ce qu'il appelait ma mignardise. J'étais assez fort pour sortir, disait-il; l'air du soir me ferait grand bien ; et, comme mon prétendu assassinat l'avait privé tout un dimanche et deux fêtes de sa promenade habituelle à l'Alameida, il me persécutait pour que je me disposasse à l'y accompagner le dimanche suivant.

— « Acceptez, me dit Pampinetta, l'uniformité de cette vie vous lasse peut-être, et cela vous fera grand bien en même temps que les soupçons de mon père s'évanouiront, si toutefois il en a de légers.

« Mais en creusant au fond des choses, je
pouvais facilement me convaincre qu'il n'en
était rien. Jonathas était de ces hommes iras-
cibles qui ne reculent pas au désir de satisfaire
leur colère, lors même qu'elle tourne la fatalité
contre eux. — Il allait, il allait toujours, comme
le bœuf qui laboure péniblement son sillon, et
que nul obstacle n'arrête.

« L'intérieur de mon hôte étant toujours
calme et plein de bonheur pour moi, je perdis
peu à peu mes inquiétudes, mon air sombre,
mon maintien si plein de désespoir, et je me
replongeai avec insouciance dans une splendide
vie de voluptueux. Pampinetta, heureuse de
cette transformation soudaine, s'épanouit de
nouveau comme une belle fleur que la rosée
ranime, et le dimanche vint pour nous avec la
rapidité de l'éclair.

« Oh! qu'il nous fut fatal ce jour !

« Après les vêpres, le bonhomme Jonathas
arriva dans la chambre de sa fille, tout guilleret,

tout railleur, tout pomponné; un de ses courtauds, Miguel, l'homme de confiance qui devait
nous accompagner, était tout prêt aussi, et
piaffait d'impatience, ce qui redoublait celle
du maître. Je ne sais quel pressentiment m'a-
gitait, mais j'augurais mal de cette sortie, et je
ne me hâtais point. Cependant, comme il le
fallait absolument, et que la Pampinetta était
parée et belle autant que la plus jeune et plus
fière marquise, l'amour-propre, ce grand et
puissant levier de l'humanité, entra fort avant
dans mon cœur; et, cachant une longue miséricorde à tout hasard sous mon surcot, je me
décidai à suivre mes hôtes.

« Nous voilà donc mêlés aux curieux de Séville; la foule oscillait comme des vagues que
pousse la tempête. — J'aimais tant ma superbe
Andalouse que je tremblais sans cesse pour
elle, pour ce corps si gracieux et si beau, ou
que, profitant de cette multitude pressée,
d'autres amoureux ne me l'enlevassent. Pour
calmer toutes ces inquiétudes, je feignis d'être

fatigué, de ne pouvoir plus me soutenir, et
nous nous assîmes.

—« Qu'avez-vous donc qui vous agite si fort,
mon beau gentilhomme? dit Pampinetta en se
penchant vers moi.

—« J'avais peur pour vous, ma charmante;
et, quoique mon amour-propre soit flatté de
voir combien toute cette multitude vous trouve
belle, je me laisse néanmoins aller à la jalousie
en voyant tous ces yeux noirs et profonds,
plonger sous la gaze de votre mantille.

—« Les hommes sont si curieux! dit-elle
avec une adorable nonchalance.

« Maître Jonathas et Miguel conversaient avec
quelques personnes de leur connaissance, ne
songeant guère à nous qui vivions dans les
sphères supérieures. La pensée d'unir ma vie à
cette belle fille me revenait sans cesse à l'esprit, et j'essayais de la décider à m'accompagner en France, quand tout à coup j'aperçus
Médina-Céli, Médina-Sidonia, et les autres
cavaliers.

—« Nous sommes perdus ! m'écriai-je avec un violent effroi ; doublez votre mantille sur votre visage, Pampinetta, et tournez la tête.

—« Oh Jésus ! qu'y a-t-il donc, mon ami ?

—« Voilà Médina-Céli !

— « Que m'importe ce seigneur ? il se contentera de me sourire, et il passera outre.

—« Mais il m'importe à moi. Je ne veux pas qu'il nous voie, si cela est possible.

« J'avais eu raison de croire à des pressentimens funestes ; tous mes grands d'Espagne s'arrêtèrent devant maître Jonathas dont le siége touchait le mien ; et, après avoir suffisamment attiré son attention de façon à le rendre tout confus devant ces héritiers des plus illustres noms de la Péninsule, car s'il les recevait assez mal dans sa boutique, en public il se prosternait devant eux jusqu'à terre ; mes beaux cavaliers donc partirent d'un grand éclat de rire ; et Médina-Céli, se tournant vers moi, me salua fort civilement et m'apostropha en ces termes :

— « Vive la France ! et gloire à son galant ambassadeur !

— « Ambassadeur ! murmura maître Jonathas en se rapprochant vivement de sa fille.

— « Connaissez-vous ces seigneurs, mon confrère ? demandai-je au vieux sergier avec assez de sang-froid.

— « Ne feignez plus, mon beau comte de Bassompierre, dit Médina-Céli ; nous vous tenons quitte désormais, vous avez noblement gagné votre pari, et je suis prêt à vous proclamer le plus audacieux et le plus téméraire des cavaliers amoureux.

— « Allez tous au diable avec votre pari, leur dis-je en français ; mais laissez-moi, laissez-moi vivre encore quelques jours !

— « M. le comte de Bassompierre, repartit Médina d'un ton railleur en se tournant vers ses amis, a pris goût au péché ; or, il demande à passer encore quelques jours de bonheur avec la plus belle fille de toutes les Espagnes ; pouvons-nous, en bons chrétiens de vieux sang,

II. 17

souffrir que le pêcheur s'endurcisse ainsi dans
le vice?

— « C'est un péché mortel pour nous, répliqua Trabuxena, et d'autant plus grand, que
lui seul en a toute la joie.

— « Ainsi, monsieur le comte, vos dé-
bauches doivent avoir un terme, reprit Médina-
Céli avec une gravité bouffonne. Aussi bien, je
donne demain une fête à mon château des bords
du fleuve; nous aurons toutes les comédiennes
de Séville, et je veux avoir le plaisir de vous
les voir cajoler.

— « Duc de Médina-Céli, un mot encore!
m'écriai-je les dents serrées; voulez-vous dire
à ce bonhomme que vous m'avez pris pour un
autre, que je suis bien réellement le marchand
de Cadix. — Si vous saviez combien j'aime
cette noble fille!....

« Mais nous ne songions pas que maître Jonathas entendait parfaitement la langue française; et, transporté de colère, il se leva d'un
bond, tout frémissant.

— « Quoi ! maître fourbe, s'écria-t-il les poings fermés, vous n'êtes pas Inigo Furano ! vous n'étiez pas malade !

— « Pas plus que vous et moi, bonhomme, reprit Médina-Céli en lui riant au nez comme un fou.

— « Ah ! malheureux que je suis ! Que se sera-t-il passé ! Au meurtre ! au voleur ! au meurtre ! alguazils, à mon aide !!

« La nuit tombait, les promeneurs devenaient plus rares. Je m'élançai vers Pampinetta, ayant le dessein de l'arracher aux violences de Jonathas pour l'amener en France ; mais le sergier, son apprenti et ses amis nous entourèrent ; les alguazils accouraient aux cris ; et, comme cela menaçait de devenir sérieux, les grands d'Espagne tirèrent leurs épées, et m'entraînèrent avec eux dans leur fuite.

« J'avais le cœur navré, j'étais fou de douleur ! je ne savais à quel projet m'arrêter. Tantôt je voulais me détruire, tantôt je voulais forcer la maison de Jonathas et lui voler sa fille ;

ou bien, je prenais le parti d'aller apaiser sa
terrible colère en lui proposant d'épouser Pampinetta. — Voyez donc comme tout cela était
sage! — Se tuer d'abord, ou tenter l'escalade
au risque d'être pendu comme un voleur, ou
bien, ambassadeur du roi de France, épouser
la fille d'un imbécile marchand de serge!

« Je m'étais refugié dans une mauvaise hôtellerie d'un faubourg. De bonne heure, le lendemain matin, je pris une mule et un muletier, et j'enfilai le chemin de la Rinconada où
je trouvai mes quatre coquins de laquais jouant
au pharaon ainsi que des seigneurs. Ma présence
fut pour eux comme un coup de vent en mer,
et ils laissèrent sur la table les cartes et l'argent.

« Il n'y a rien de tel pour être bien servi que
de prendre ses valets en défaut. Aussi fus-je
servi ce jour-là plus prestement qu'un roi.

« Felipo mit le rasoir dans ma barbe d'apôtre,
les ciseaux dans mes cheveux; je me parfumai
de benjoin, d'essence de miel, j'endossai mes
beaux vêtemens de cavalier à la mode, de sorte

que je devins méconnaissable ; j'aurais pu de
nouveau braver impunément maître Jonathas.
Après cette transformation, je montai dans
une litière, accompagné de mon Napolitain,
et nous reprîmes le chemin de Séville.

« J'avais si bon air, et d'autre part j'étais si
épris, que je m'en allai bravement à la *calle* des
Sergiers. Je fus bien surpris en trouvant la
boutique de maître Jonathas fermée : le vieux
Juif était allé mettre sa fille en religion ; cette
nouvelle augmenta encore ma douleur, mon ir-
ritabilité ; j'étais en proie à une exaspération
inouïe ; j'achetai sur-le-champ deux bons chevaux, et je me dirigeai, suivi de mon fidèle Napolitain, vers le château du duc de Médina-
Céli.

« J'arrivai au beau milieu de la fête !

— « J'étais sûr qu'il viendrait, ce beau marquis de la Présomption, s'écria Trabuxena en
accourant au-devant de moi. Voilà cette fois le
vrai Bassompierre ! vous êtes le plus brave de
tous les amoureux.

— « Vous verrez que je ne suis pas moins brave comme homme d'épée, répliquai-je d'un ton sévère.

— « Où est-il, où est-il, cet audacieux gentilhomme de France ? criaient les comédiennes en accourant.

« Et je fus bientôt entouré, fêté, obsédé par ces courtisanes, qui me fatiguèrent de questions à propos de ma pauvre Pampinetta, que vivante on ensevelissait dans un cercueil !

« Médina-Céli arriva le rire sur les lèvres et dans les yeux.

— « Alcantarilla et Trabuxena avaient pardieu raison, dit-il. Bonjour, cher comte; soyez le bienvenu.

— « Vous trouvez que j'ai loyalement gagné mon pari, n'est-ce pas ?

— « Oui, oui, répondit-il d'un ton plus sérieux; ce qui fit rire follement tous les assistans.

— « Eh bien ! repris-je, moi je trouve que vous ne l'avez pas loyalement perdu.

— « Allons, allons, dit Médina-Sidonia, c'est
une folie; paie, Médina, et n'en parlons plus.

— « Je vous ai supplié, duc de Médina-Céli,
continuai-je d'une voix triste et grave, je vous ai
supplié de me laisser jouir de ma bonne fortune;
je ne rougis pas d'avouer devant vous tous, qui
avez la raillerie au bout des lèvres, que j'adorais
Pampinetta, la fille d'un sergier, moi le comte de
Bassompierre! Je songeais même à faire en sorte
de l'élever jusqu'à moi dans l'avenir, ou du
moins à ne pas me séparer d'elle. Vous ne l'a-
vez pas voulu! Vos folles paroles sont venues
me priver de toute ma joie, m'arracher toutes
mes espérances! Duc de Médina-Céli, c'est
vous qui avez fait tout le mal, et j'espère que
votre épée ne sera pas moins longue que ne l'a
été votre langue.

— « Oh! si vous le prenez sur ce ton, monsieur le comte de Bassompierre.

— « Oui, seigneur duc; il me faut une vengeance, et je vous attends.

— « Vous le voulez, soit, mon bon gentilhomme; j'ai là un pré superbe; ces dames et ces seigneurs nous serviront de témoins; ce sera curieux assurément. — Venez.

— « Vous me devez six cent mille écus, duc de Médina-Céli, et je désire être payé d'abord.

— « Monsieur!...

— « Vous pouvez me tuer, monsieur, répliquai-je très froidement, et alors vous gagneriez le pari; c'est ce que je ne veux pas précisément. Ainsi, payez-moi vite, car je veux me battre avant le coucher du soleil.

— « Vous êtes d'une cruauté pour un gentilhomme!...

— « Et vous pour un duc d'une indignité sans pareille!

— « Trêve d'injures, monsieur; ma dette est sacrée, vous serez payé! J'ai là cinquante mille carolus d'or, je vais vous les remettre. Le reste vous sera compté à Paris par Zamet le partisan. Venez !

« Cela mit du noir dans la fête; on essaya,

mais en vain, de me détourner de mon projet;
Médina-Céli me compta ses beaux carolus; et,
après en avoir chargé deux mules, je fis partir
Felipo avec ce cortége pour la Rinconada.

— «Maintenant, dis-je, à Médina-Céli, tirez
votre épée.

— «Oui, s'écria-t-il tout furieux, oui, et dé-
fends ta vie!

«Ce fut un singulier combat. Les femmes
poussaient des cris à chaque croisement du fer;
les hommes nous voulaient séparer; mais l'exaspération était trop grande des deux côtés pour
écouter aucune parole de paix. — J'avais une
grande audace, mais elle était soutenue par
un sang-froid désespérant. Médina-Céli, au contraire, rugissait et bondissait comme un tigre;
si bien qu'il me perça la joue. — Cette petite ci-
catrice que vous voyez, messieurs, c'est lui qui
m'en gratifia.

«Il ferraillait fortement, et j'y pris garde. Je
lui poussai mon épée à la figure, je le serrai vivement; et, aveuglé par la colère, il vint se jeter

sur mon fer qui lui traversa l'épaule. Les cris
de la multitude étouffèrent les siens; et le malheureux, brisé par la douleur, tomba tout ma-
culé de sang...

« Je saluai tristement cette folle assemblée,
l'instant d'avant si gaie et si railleuse; puis,
sautant sur mon cheval que j'avais fait amener
à tout hasard, je m'éloignai de ces lieux avec
une douleur de plus au fond de l'âme!

« Tout cela fit un bruit d'enfer à Séville. Je dus
quitter l'Espagne en grande hâte, et je revins en
France avec des regrets que trente années d'a-
gitation n'ont pas encore effacés!

« Quant à Pampinetta, elle fut mise en religion avec une rigueur barbare; mais maître
Jonathas étant mort avant l'expiration du noviciat, elle sortit du couvent, et les parens de sa
mère la forcèrent, pour ainsi dire, d'épouser
un gros corrégidor de province qui la trouva
fort de son goût, l'honnête homme, et aussi
vierge qu'aucune des nonnes d'Alcantara!

« Eh bien! Trabuxena, qui valait mieux que

tous ses amis, m'écrivit le trépassement de
maître Jonathas; j'étais si fort épris de la belle
Andalouse, je l'aimais d'un amour si vrai, si profond, que je partis incognito pour l'Espagne.
Quand j'arrivai à Séville, on m'apprit son mariage avec le corrégidor et le départ de tous
deux pour Algésiras. — J'y courus.

« Le compère, qui avait le nez long apparemment, quoique magistrat de province, venait d'emmener sa femme aux Indes pour la dé-
payser. »

En ce moment un bruit étrange et mystérieux vint attirer l'attention de Bassompierre et
de ses auditeurs.

XXXII

Les événemens historiques amènent de nouveaux compagnons d'infortune à Bassompierre.

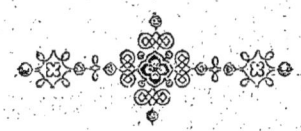

A peine le maréchal venait-il d'achever de
raconter l'histoire de la fille de maître Jonathas, que trois hommes sortirent d'une cachette
pratiquée dans l'épaisseur du mur, tout à côté

de la chambre du galant raconteur. A la Bastille, chaque réduit de prisonnier était comme
les cachots de Denys de Syracuse : l'oreille de
l'espion recevait le moindre murmure, afin que
la tyrannie, sans doute, pût décupler ses atroces
vengeances. (1)

Ces trois hommes glissèrent comme des fan-
tômes le long des sombres murailles et ne s'arrêtèrent qu'au logis du gouverneur. — C'était
M. du Tremblay, que la crainte avait réduit à
jouer ce rôle indigne, puis un secrétaire inconnu, et l'homme à la robe rouge, le redoutable Richelieu.

— La fatuité sera le dernier sentiment de cet
homme, dit le cardinal d'une voix sèche; ne
pouvant plus papillonner en intrigues politi-

---

(1) J'ai vu à Syracuse les latomies et la *famosa orecchia di
Dionosio*, l'oreille de Denys le Tyran. Cette dernière prison étant
construite d'après toutes les règles de l'acoustique, le tyran
soupçonneux, placé dans une cellule ménagée à la voûte, pouvait
entendre les moindres murmures des malheureux Grecs que l'infortune jetait sur sa route sanglante.

ques, il faut qu'il fasse de l'intrigue amoureuse... par souvenirs. Eh bien, il a un audi-
toire, il se porte à merveille, il a toujours
beaucoup d'esprit, ce n'est certes pas un homme
à plaindre. — Il y restera !

— Hier encore, dit M. du Tremblay avec
quelque contrainte, Sa Majesté me fit demander
des nouvelles de M. le maréchal, et l'ordinaire
me pria de l'assurer d'une délivrance prochaine.

— C'est moi qui signerai l'ordre de liberté,
répliqua Richelieu avec le ton de mépris amer
qui lui était si habituel; — et, pensa-t-il au fond
de son âme, il fera partie de notre testament,
en admettant que nous y songions.

Le lendemain de cette excursion à la Denys,
le maréchal de Bassompierre trouva sous sa
porte une carte à jouer sur laquelle ces mots
étaient écrits en caractères mal formés, qui
répondaient parfaitement au style et à l'ortho-
graphe :

« Seigneure mareschalle, pren guard', vostre

« ennemi ai venut ouïr ce que vou racontiés a
« la porte de vostre chembre. Soiés bien dis-
« cré et prononcés mesme pas son nomt. Un
« hami a vou seigneùre mareschalle. »

— Bon ! fit Bassompierre, son éminence va
maintenant faire la concurrence aux nobles
espions; il en est bien digne, le vertueux cardinal. Voilà le bruit étrange qui, malgré moi,
me fit tressaillir hier soir. Mais je dois taire
cette circonstance à mes braves compagnons.
L'indiscrétion la plus légère pourrait avoir de
sanglans résultats avec un juge aussi bénin et
aussi aimable que l'est sa Grandeur.

Et il jeta cette carte au feu.

Dans la journée, il reçut la visite du gouverneur, M. du Tremblay, qui lui serra la main
plus fort et plus affectueusement que de coutume.

— Voilà mon ami à la carte, pensa Bassompierre.

En effet, c'était lui; et il avait une si grande

affection pour le maréchal, qu'il craignait qu'un
mot spirituel ou un sarcasme ne le lui enlevassent pour l'accabler de rigueurs plus grandes.

Mais sortons des profondeurs de cette Bastille pour jeter un regard sur la position de la
France et suivre pas à pas la domination de ce
terrible Richelieu.

Les Espagnols guerroyaient alors furieusement et très bien ; le duc Charles et l'armée
impériale venaient de ravager l'Alsace ; et, après
ce fait d'armes qu'on eût pu empêcher, ils
étaient allés prendre leurs quartiers d'hiver
dans la Franche-Comté.

Le cardinal infant, d'un autre côté, tenait
dans les Pays-Bas contre les deux armées com-
binées de France et de Hollande, commandées
par les maréchaux de Châtillon et de Brézé,
et Frédéric-Henri, prince d'Orange. L'incapa-
cité, le mauvais vouloir, l'absence d'un homme
véritablement habile firent qu'on ne profita pas
de la valeur de nos troupes, et qu'au lieu d'en

tirer quelques avantages, on obéra le trésor de
plus en plus.

On se battait aussi sur le Rhin. Galas, général des Impériaux, résistait au cardinal de La-
valette qui *avait voulu* commander une armée,
et à notre allié le grand-duc de Weymar. Cette
campagne, où les cardinaux tenaient le haut
bout, fut cause que nous perdîmes dix mille
hommes et toute l'artillerie et les bagages qu'on
laissa dans les montagnes pour gagner plus rapidement Vaudrevanche et Metz.

Louis XIII se trouvait alors en Lorraine avec
l'armée d'observation de la Champagne. Il fit
le siége d'une bicoque, Saint-Mihiel, qu'il eut
la gloire d'enlever en quatre jours. Après cette
grande prouesse, il assembla son conseil de
guerre, demanda des avis, et le comte de Cramail, un brave maréchal-de-camp, lui dit qu'il
s'exposait trop et le supplia de retourner à
Paris. Ce conseil était dicté à Cramail par un
admirable dévouement à son maître; il savait
que Jean de Wert et le célèbre Piccolomini

étaient fort près, avec six mille chevaux, ayant
l'intention d'enlever le Quartier-du-Roi.
Louis XIII profita du conseil; mais, après la
guerre, Cramail fut arrêté et mis à la Bastille.

La France avait encore d'autres guerres à
soutenir. Une ligue ayant été faite entre Louis
et les ducs de Savoie, de Parme et de Mantoue,
le président de Bellièvre, notre ambassadeur,
employait tous ses talens et son activité pour
maintenir l'harmonie entre Victor-Amédée, et
le maréchal de Créquy; mais une futile question de préséance sauva l'armée Espagnole, qui
déjà était en déroute dans le Milanez.

Le seul duc de Rohan fit des merveilles aux
passages de la Valteline. Le roi d'Espagne, vivement pressé, demanda des secours à l'empereur d'Allemagne. Galas envoya huit mille
hommes par le Tyrol, sous les ordres du baron
de Fernamond, sergent de bataille. Il fut si bien
reçu au passage par l'infanterie française, que
toute sa cavalerie fut culbutée et mise en fuite.
Serbellon, un autre Allemand, voulut aussi

tenter la fortune, en entrant dans la Valteline
par le Bergamesque. Rohan vint l'attaquer à
Morbegno où il se retranchait, lui enleva tout
son bagage, et lui tua environ dix-huit cents
hommes. Ces succès privèrent les Espagnols
de recevoir aucun secours dans le Milanez;
mais ni la France ni ses alliés n'en profitèrent,
à cause de la basse jalousie qui animait les chefs
des armées.

Rome aussi s'en mêlait : on excommuniait
nos alliés; on rappelait Mazarin, nonce extraordinaire, on nous insultait; et tout cela à cause
de la politique de M. de Richelieu.

Ce n'était pas tout encore. Pour compléter
nos armées de Bourgogne et d'Italie, on avait
dégarni toutes les autres frontières. La Picar-
die manquait de soldats pour ses places fortes,
et Jean de Wert et Piccolomini en profitèrent
si bien, que pendant la durée du mois d'oc-
tobre ils prirent dix villes et vinrent camper à
vingt-cinq lieues de Paris. Pour remédier à ces
maux terribles, le cardinal faisait trancher la

tête aux malheureux gouverneurs qui s'étaient rendus, comme s'ils fussent eux seuls la cause de ces désastres !

Paris s'agitait furieusement à l'approche de l'ennemi. Les corporations se rendirent auprès du roi, et se cotisèrent afin qu'on levât des recrues. Puis, dans la soirée de ce jour, on publia par les rues et carrefours l'édit suivant :

« Louis, Roi de France, etc. ;

« Vu les besoins imminens de la guerre :

« Tout homme non marié, de seize ans à « quarante, résidant dans un rayon de sept « lieues alentour de Paris, devra se rendre sous « trois jours à Saint-Denis , dans la plaine.

« Tout habitant de la cité, gentilhomme ou « non, qui a plusieurs laquais, est tenu d'en « fournir un.

« Tout maître de boutique ou d'officine est « tenu de fournir un apprenti.

« Les maçons, les charpentiers, les manœu-« vriers employés aux bâtimens publics, cesse-

« ront leurs travaux, et se rendront à Saint-
« Denis.

« Les gentilshommes ou les magistrats qui
« ont plus de deux chevaux de carrosse, seront
« tenus d'en donner un pour la cavalerie ou
« l'artillerie.

« Et en général, tout gentilhomme, tout
« homme non taillable ni corvéable, tout offi-
« cier de notre maison, devra être à Saint-
« Denis dans la plaine avant cinq jours.

« Paris, — novembre 1636,

« *Signé* LOUIS.

« Et plus bas :

« Cardinal DE RICHELIEU. »

On a voulu insinuer que Richelieu était
poussé par un instinct démocratique lorsqu'il
abattait les hautes têtes de la monarchie française ; mais en fouillant dans sa ténébreuse
politique, il est aisé de voir qu'il n'agissait pas
pour la sainte cause de l'égalité, pour cette
cause sublime qui amènera sans doute la jus-

tice sur la terre, quand les hommes seront
assez avancés en civilisation, ce qui est bien
loin encore ! Non, il était poussé par un
hideux égoïsme. C'était lui, toujours lui !
— la royauté venait après. Si Richelieu a
rendu des services à la cause populaire,
c'est en aveugle, sans prévoyance aucune. La
fortune l'avait poussé au faîte de la puissance,
il voulait s'y maintenir, il n'avait pas d'autre
but, — et la preuve à côté de ceci, c'est qu'il
méprisait le peuple.

Quand l'édit fut publié, toutes les boutiques
se fermèrent instantanément, et les ouvriers des
faubourgs accoururent se joindre à leurs cama-
rades de la cité; Paris redevint en deux heures
animé comme aux temps orageux de la Ligue.
Chaque place fut transformée en forum, et des
milliers d'orateurs y faisaient entendre des vo-
ciférations éclatantes.

— En avons-nous assez cette fois ? criait un
charpentier en agitant sa besaiguë d'un bras vigoureux; j'ai déjà fait le métier de soldat pen-

dant dix ans, je suis échiné, j'ai vingt blessures,
pas un sou de l'Epargne; et parce que je n'ai
point trouvé une femmelette pour me faire en-
rager jusqu'à l'éternité, il faut renoncer à son
métier pour s'aller faire occire par les Espagnols pour le bon plaisir de M. le cardinal-duc!

— Et si nous n'y allions pas, les autres!
objecta un maçon très beau parleur.

— Oui, si nous restions à travailler et à
gagner nos vingt-quatre deniers par jour,
répliqua le charpentier, qu'est-ce qu'il en
serait? Car enfin M. le cardinal-duc, tout
grand seigneur qu'il est, et parce qu'il a une
belle robe rouge, et des ordinaires, et des pages,
malins comme des larrons, et des carrosses,
M. le cardinal-duc n'est pas assez rude pour
forcer trente mille cadets comme nous à aller
à la guerre!

— C'est vrai, ça! crièrent des centaines de
voix.

— Là, je vous le demande, qu'est-ce qu'il
en serait?

— Diable, fit un petit monsieur habillé de
noir, vous avez bien quelque raison, mes
bons amis, surtout en ce qui regarde M. le
cardinal-duc; mais Jean de Wert, si on le laisse
faire, pourrait bien venir nous rançonner et
coucher avec nos femmes ou nos sœurs.

— Voilà une réflexion que je dis juste, repartit le maçon.

— Il y a un moyen de tout arranger, reprit
le petit monsieur, c'est de faire acte de bonne
volonté une dernière fois; les Espagnols, en
voyant une si grosse armée, s'enfuiront comme
des lièvres dans leurs Pays-Bas; mais il faut
que le roi, notre auguste maître, reconnaisse
le service que nous lui rendrons en chassant
l'indigne ministre qui fait répandre tant de
sang.

— Oui, oui, hurlèrent des voix innombrables, à bas le Richelieu! à l'eau le Richelieu!

— Ecoutez donc, vous autres braillards! cria
un homme d'une voix formidable.

— Vous avez raison d'être indignés, braves

gens, reprit le petit monsieur; sans vous autres
qui bâtissez des palais, des maisons, on cou-
cherait à la belle étoile; sans vous autres l'ennemi viendrait boire notre vin et se gausser de
nous; enfin c'est sur vous, sur votre force que
repose la monarchie.

— Oui, oui, vive ce grand orateur!

— Ecoutez-le donc, tas de gueulards! s'é-
cria encore la grosse voix.

— Je n'ai plus rien à vous dire, mes honnêtes artisans, sinon que c'est une honte de
nous voir gouverner par un scélérat, avide de
sang, par un monstre qui a exilé notre grande
reine Marie de Médicis, notre bienfaitrice à
tous, la mère du peuple qu'elle adorait. — Eh
bien, le grand peuple de Paris ne fera-t-il
donc rien pour cette malheureuse reine qui
souffre sur la terre étrangère? Ne devons-nous
pas lui faire subir la peine du talion à ce bourreau de cardinal?

— Oui, oui, *les taillons* au cardinal!

— Voilà ce qu'il faut dire au roi, mes amis:

Nous sommes prêts à nous faire tuer tous pour sauver la France, mais nous ne voulons plus du cardinal qui attire sur nous toutes ces calamités, et le peuple de Paris voudrait revoir au Louvre sa noble souveraine.

Comme Marie de Médicis était adorée du peuple autant que le cardinal en était détesté, ce discours fit une grande impression sur les esprits irrités de cette foule; on entoura le petit monsieur qui était au père Chanteloube, prêtre de l'Oratoire, exilé aussi avec la reine-mère; on le félicita, on le porta même en triomphe jusqu'au coin de la rue des Prêtres-de-l'Auxerrois, où on le laissa tristement pour éviter les horions que distribuaient largement les grandes compagnies d'archers accourues sur le lieu de l'émeute par ordre du cardinal.

Le petit secrétaire s'en allait tout joyeux par la rue Saint-Honoré quand, arrivé à la hauteur du Palais-Cardinal, l'homme à la grosse voix, qui ne l'avait pas perdu de vue une seule mi-

nute, lui appuya une large et pesante main
sur l'épaule en lui disant :

— Vous avez trop bien parlé, mon maître,
pour n'en être pas récompensé.

Et le colosse, enlevant d'un bras vigoureux
le malheureux petit homme, tandis que de
l'autre main il l'empêchait de crier, l'entraîna
dans cette position jusqu'à une porte basse de
la rue de Valois.

Cet homme était un des espions du cardinal-
duc ; et, depuis cette soirée néfaste, le populaire
ne revit plus son orateur.

Cependant l'édit eut un prodigieux succès ;
cinquante mille hommes se trouvèrent en armes
le sixième jour à Saint-Denis. Louis XIII reprit
un peu de courage ; on chassa les Espagnols,
et quand le péril fut passé, au lieu d'expulser
le cardinal, ainsi que le croyaient les gens de
cour et la ville, il lui donna plus de puissance
que jamais, et défendit qu'on lui parlât de sa
mère, qui traînait dans l'exil une vie pleine
de misères !

Alors le gracieux ministre, abrité sous le manteau d'un si *noble* et si *juste* roi, ne mit plus de frein à ses vengeances : Cramail arriva un soir à la Bastille avec le baron de Maréville, un conseiller de Normandie et madame de Gravelle, l'ancienne maîtresse du marquis de Rosny.

Les trois hommes n'étant pas au secret, sollicitèrent l'honneur de présenter leurs civilités au maréchal de Bassompierre, qui les reçut de son mieux et les invita d'une petite fête pour le lendemain.

—N'ayez garde d'y manquer, dit-il à M. de Cramail, qui semblait fort affligé. Vous y trouverez votre parent, l'abbé de Foix; j'ai soif de nouvelles; vous me raconterez les événemens des dernières guerres, et, en revanche, Leuville, Jars et moi, nous tâcherons de vous réjouir. (1)

____

(1) Adrien de Montluc, comte de Cramail, prince de Chabannais, petit-fils du fameux maréchal de Montluc. Sa femme était de la maison de Foix. Il était auteur d'une farce très gaie : *la Comédie des Proverbes.*

— J'admire votre philosophie, maréchal, répliqua le comte ; quant à moi, je n'en ai plus.

— Nous vous en mettrons dans l'esprit, mon gentilhomme ! dit Bassompierre. — A demain, messieurs.

XXXIII

L'Abbé de Foix en belle humeur.

La chanson gaillarde a dû prendre naissance à la fin d'un souper. Alors tout se
dit.

VOLTAIRE.

Tout le monde fut ponctuel. Jamais la Bastille n'avait renfermé dans ses noires murailles
tant de prisonniers illustres. Il y avait un luxe
inouï de grands seigneurs. L'abbé de Foix, ce

soir-là, était d'une charmante humeur, et il
essayait de prendre sa revanche en lançant le
quolibet fort passablement.

Bassompierre, qui refaisait sa fortune dans la
Bastille, à son extrême déplaisir, avait mis une
recherche de prélat dans le menu de son festin.
C'était un souper digne des beaux temps de
Rome. Le prodigue cavalier perçait à chaque
service. C'était somptueux, splendide et délicieux. On but beaucoup et du meilleur; on
parla long-temps et bien; les cerveaux s'é-
chauffèrent, la retenue alla au diable, et
l'abbé de Foix en tenait si fort, qu'il fallut
écouter, non pas un de ses sermons orthodoxes,
mais une chanson qu'il avait plus d'une fois
chantée à Marion de Lorme.

— Est-ce au moins capable de vous damner,
l'abbé? cria le chevalier de Jars, son éternel
antagoniste.

— Oui, par sainte Barbe!

— S'il y a des saintes, reprit-il, gardez-la,
mon vénérable, c'est quelque reste d'homélie.

— Cela va nous raccommoder, mon jeune dameret, dit le pauvre abbé disposé, ce soir-là à faire toutes les concessions.

— Pour une fois, écoutons-le, dit Leuville.

— Marion en était folle.

— Écoutez l'abbé, mes amis! s'écria Bassompierre.

Alors le diable d'abbé, mettant sur l'oreille son bonnet de velours noir, fredonna à l'italienne, et, d'une petite voix flûtée et tremblotante, il entonna sa chanson gaillarde :

A voir votre mine confuse,
Votre œil qui son regard refuse,
Et vos pas un peu détournez,
Je le connais, vous en venez,
Vous en venez !

Votre robe par le derrière
Est toute pleine de poussière,
Vos cheveux sont mal attournez,
Je le connais, vous en venez,
Vous en venez !

Votre front rougit comme braise;

Aux plis rompus de votre fraise,

A vos yeux si fort étonnez,

Je le connais, vous en venez,

Vous en venez!

Allons donc ensemble aux rivages,

Semés de fleurettes sauvages;

Beaux yeux à l'amour destinez,

Je le connais, vous en venez,

Vous en venez! (1)

— Cette chanson amoureuse est-elle de votre crû, monsieur l'abbé? demanda le jeune chevalier.

— Non; mais, par tous les diables! je serais capable, ce soir, de faire du style aussi croustillant.

— Vous vous vantez, monsieur de Foix.

---

(1) Cette chanson, que nous ne donnons pas en entier, est de Pierre Motin, né à Bourges. Henri IV le chargea de traduire la poésie latine du père Théron, sur la naissance du dauphin. Il était du nombre des premiers auteurs du dictionnaire de l'Académie française. Motin excellait surtout dans le genre licéncieux. Ou Boileau n'avait pas lu ses vers, ou il l'a calomnié.

Voyons, faites-nous un sermon à la Marion de
Lorme, un sermon mirifiant sur le bonheur
des voluptés du monde ; surtout pas de latin.

— *Amore, Amore !* s'écria le pauvre abbé avec
le plus beau ton phébus du pédantisme.

— Holà ! je vous arrête, dit Jars en riant
comme un écervelé.

— C'est de l'italien, ignorant que vous êtes !
Amore, Amore ! divo graziosetto !.... Mais au
fait, ajouta-t-il en retombant tout à coup de
son piédestal, je ne vous dirais ce soir rien qui
vaille, — je ne suis pas préparé.

Jars le railla fort ; mais Bassompierre rétablit le silence en s'adressant aux prisonniers de
la veille.

— Vous n'êtes pas venus ici pour vos beaux
yeux, mes gentilshommes, leur dit-il ; chacun
doit payer son écot. — Racontez-nous votre histoire, baron de Maréville.

— Mon histoire, dit le gentilhomme normand tout surpris ; mais mon histoire est comme
celle de tout le monde.

— Ce n'est pas répondre, cela. Pourquoi
êtes-vous ici ? est-ce drôle ?

— Mais j'imagine que j'y suis venu comme
vous-même, monsieur le maréchal. Ce n'est pas
plus drôle que cela.

— Enfin avez-vous médit du cardinal ou tué
un homme ?

— C'est quelque chose comme cela.

— Vous verrez, s'écria Bassompierre tré-
pignant d'impatience, que nous ne pourrons
arracher à ce diable de Bas-Normand ni un oui
bien prononcé ni un aveu.

— Il sait sur son dernier doigt la coutume
de Normandie, le malin compère, dit le sire de
Roiville.

— Voyons, baron, reprit Bassompierre, je
ne lâche pas prise aisément. Pardieu ! on n'est
pas déshonoré pour être ici. — Moi j'y suis,
parce que mon ami, M. de Richelieu, que j'ai
beaucoup protégé autrefois, a voulu faire à
son tour le protecteur ; et, comme je n'ai pas
jugé convenable d'accepter ses grâces, il m'a

mis là, en disant que si je le refusais, c'est
qu'apparemment je n'avais plus besoin de rien.

— M. de Leuville est notre compagnon, parce
qu'il a conspiré; M. de Jars aussi, et M. l'abbé
de Foix, parce qu'il faisait des sermons très
orthodoxes ;—M. de Roiville, parce qu'il a cent
mille écus de rente, et que c'est fort dangereux
et fort tentateur. Cramail, chacun le sait, a
rendu service au roi, et les rois d'ordinaire
sont très reconnaissans. Vous le voyez, monsieur le baron de Normandie, c'est pour ces
bagatelles que nous sommes ici.

Le pauvre homme, ainsi pressé de toutes
parts, fut bien obligé de s'exécuter.

— Il s'agit aussi d'une bagatelle, messieurs,
répliqua le gentilhomme ; j'avais une femme
charmante, je l'adorais; et, dès la seconde nuit
de mes noces, elle s'y prit si bien, la coquine,
que ma foi.... j'en eus....

— C'est-à-dire que l'on vous donna l'aubade...., dit le malicieux Bassompierre en s'in-
clinant.

— Oui, monsieur, je fus *endiablé*, puisqu'il faut tout vous dire.

— La seconde nuit des noces ? c'est fort drôle !

— C'est fort drôle, fort drôle ! répétèrent les joyeux compagnons.

— Je trouvai cela si drôle, poursuivit le baron froidement, que je tuai le galant : c'était un assez mince gentilhomme ; mais il était parent du cardinal, et vous savez....

— Mais c'est de fort mauvaise compagnie, baron ! s'écria le maréchal. Comment ! vous tuez le galant de votre femme ! Ce n'était donc pas votre ami !

— Au contraire, monsieur.

— Vous n'avez donc jamais quitté Quimper-Corentin ou Domfront, mon cher ? Il vous aurait fallu connaître la Cour, les gens du bel air ! vous ne seriez pas ici.

— Ce n'est pas tout, reprit le gentilhomme. Ma femme recommença ; je la surpris, j'avais

des témoins, je l'envoyai rejoindre l'arrière-
petit cousin de M. le cardinal-duc.

— « A la bonne heure pour cette fois ; vous
remerciâtes le galant...

— « Non ; il était jeune, alerte ; il sauta par
une fenêtre et se sauva.

— Et vous appelez cela des bagatelles, baron
de Maréville ! Mais au lieu de vous en plaindre
comme vous le faites depuis hier, vous devriez
chanter des hymnes en l'honneur de M. de Richelieu. Vous méritez dix potences, monsieur!
Comment, vous vous permettez de tuer les galans de votre femme ! Mais si tous les maris vous
ressemblaient, dans dix ans l'humanité serait
à bout ; — on verrait la fin du monde ! — Tu-
dieu! monsieur de Normandie.—Remariez-vous,
croyez-moi ; et, quand ce ne serait que pour le
plaisir de ruser avec un homme de votre ama-
bilité, je vous *endiablerai.*

Les yeux du baron devinrent si flamboyans,
si menaçans, que Bassompierre cessa de le railler ; et, s'adressant au jeune conseiller, il lui

demanda le récit de· la dernière bonne fortune
qui lui avait valu l'attention gracieuse de Richelieu.

— J'ai conspiré en faveur de la liberté, dit-
il d'un ton noble et fier.

— Voilà encore un caractère exceptionnel,
dit le maréchal. Mais j'aime mieux celui-là.
Voyons, monsieur le conseiller.

Et le jeune homme raconta en ces termes deux
des mille gentillesses de la royale et cardinale
justice de ce temps-là.

XXXIV

Histoire galante d'une Ursuline et d'un Avocat.

M. DE LA DROLETTIÈRE.

> Avec de l'argent, de l'audace, de l'inso-
> lence, et l'oreille d'une royale courtisane,
> on vous faisait alors, de manant que vous
> étiez, un excellent gentilhomme. Les beaux
> temps, ma foi! et les beaux gentilshommes!
>
> *Un savant blasonneur.*

« Dans une petite ville bien ignorée de la Normandie, et qui mérite de l'être, qu'on nomme
Orbec, vivait il y a quelques quarante années
une famille noble, mais de cette mince noblesse

achetée sous les derniers Valois, alors qu'on
octroyait si facilement des titres pour remplir les
coffres de l'Etat, vidés au profit des courtisanes
ou des mignons du roi. C'était, comme vous le
voyez, messieurs, une noblesse bien infime; et
si je ne la qualifie pas autrement, c'est que je tiens
à être poli. — Selon moi, la noblesse, qui signifie illustration, est une chose trop haute, trop
belle, et trop influente pour se pouvoir acheter
comme on achète un pourpoint, une métairie
ou un haut-de-chausses.

« Le chef de cette famille s'appelait Drolet ;
et, comme ce nom de Drolet est assez grêle partout, même en Normandie, qu'il manque de
tournure et n'est nullement aristocratique,
M. Drolet l'alongea et se fit appeler M. de la
Drolettière; cela sonnait mieux, cela avait bon
air, — enfin, c'était gentilhomme.

« De père en fils, depuis trois générations (car
un taillable ne doit pas remonter plus haut ; un
vilain a eu tout au plus un grand-père), depuis
trois générations, dis-je, les Drolet vendaient du

froc, une étoffe grossière, mais chaude, dont se
revêt la petite bourgeoisie normande aussi bien
que les gros fermiers. Nicaise Drolet, le dernier
de la famille, était allé en Touraine avec les
compagnies de M. de Joyeuse; il se mêlait un
peu de maquignonnage; et, après la guerre, il
fit comme les juifs, il se mit à rogner les nobles
à la rose et les pistoles. Bref, cet honnête
homme prêta sur gages avec un agio du diable.

« Il paraît que ce joli métier d'usurier est
encore plus lucratif que celui de voleur de grand
chemin, car maître Drolet ne fut pas pendu;
il emplit ses poches, ce qui n'arrive pas toujours
aux truands de la grande route, quoique au
fond ils ne soient pas de pire espèce que les
usuriers, et il se retira des affaires avec une réputation beaucoup moins rognée que les pistoles qu'il avait touchées. — Voilà donc mon
Drolet riche; il était fier, avait de la morgue,
voyait beaucoup de gentilshommes à cause de
son commerce de pistoles et de chevaux. Un
beau matin, travaillé de je ne sais quelle ambi-

tion, il part pour Blois, achète une charge noble, l'exploite durant quelque temps, puis la
cède à son fils.

« Mons Drolet revint à Lisieux, sa ville natale;
mais il n'eut garde d'y rester. Le moyen de se
faire appeler M. de la Drolettière dans un en-
droit où l'on vous a appelé jusqu'à l'âge de
quarante ans maître Drolet tout court! Il comprenait que l'homme qui a usurpé une illustration quelconque suivrait une mauvaise politique en résidant au milieu de ceux qui l'ont
coudoyé avant l'illustration dont il s'affuble
comme le mendiant fait d'un oripeau. C'est déjà
dangereux pour une illustration véritable, acquise à prix de sang, de courage ou de génie,
tant l'humanité est généreuse dans ses appré-
ciations! — Il n'y a pas de grand homme pour
ceux qui ont entendu les premiers bégaiemens
d'un être supérieur; c'est une joie si grande
que celle de lui nier toute espèce de valeur! —
Ils l'ont vu de la hauteur d'une coudée, ce beau
génie! il marchait sur ses petits pieds comme

leurs embryons ; il les appelait par leur nom de
Jacqueline ou de Pierrot, et un nimbe d'or
n'entourait pas sa tête ! M. de la Drolettière
comprenait quelque peu cela, mais il ne le
comprenait pas assez. Que fit-il ? Eh bien ! il
s'alla fixer à cinq lieues de là, dans une petite
ville située au fond d'une merveilleuse vallée
bien inconnue ; et Orbec, à dater de ce jour,
posséda un méchant hobereau de plus, Orbec,
où il y en avait déjà tant ! (A)

« M. de la Drolettière se mit en quête d'une
demeure. Une bonne maison bien chaude, bien
commode, à pignon sur rue, aurait été trop
bourgeoise ; il n'en voulut pas. A force de
chercher, il finit par découvrir, dans la rue des
Religieuses, en face d'un couvent, une grande
habitation toute noire, qui datait au mois du
roi Jean ou de Charles V. Elle avait le pied
dans l'eau ; des grotesques grimaçaient à l'extrémité des sommiers ; quelques emblèmes hé-

---

(A) Voyez les notes historiques à la fin du volume.

raldiques se voyaient au-dessous de ces poutres,
en guise de volutes. Elle avait plusieurs toits
pointus dentelés en forme de scie, et, à l'angle
de chaque toit, des guivres et des tarasques
s'alongeaient en montrant les dents ou en
formes d'obscénats. L'intérieur répondait parfaitement à l'extérieur. Tout était vermoulu;
là, de grandes cheminées avec leurs mantels et
leurs landiers gigantesques, des planchers qui
avaient absorbé une forêt, et des lambeaux de
tapisserie de haute lice sur les murailles lézar-
dées; les vents y tempestaient et s'y querellaient
croyant être chez eux; enfin, c'était un luxe
étonnant d'incommodité.

« Assurément, c'était la plus détestable bicoque de la ville; mais elle avait au-dessus de
la porte d'entrée un chevron de gueules sur
champ de sable, avec trois étoiles en chef, et
M. de la Drolettière l'acheta.

« Voilà donc notre gentillâtre dans une maison de gentilhomme. Il était en Paradis! Sa
fortune se trouvant assez ronde, il donna des

dîners, fit boire son vin ; et, comme lui-même
mangeait et buvait fort bien, qu'il enfourchait
crânement un cheval, qu'il maquignonnait
comme un recruteur, qu'il devisait fort passablement à propos de chiens et de chenil, qu'il
était aussi nul et aussi ignorant que quiconque,
l'envie, cette grande gueuse, le laissa tranquille, et on le proclama de toutes parts un
gentilhomme accompli.

« Voilà donc les la Drolettière inscrits au livre
héraldique physiquement et moralement ! —
Feste Dieu Bayard ! la belle noblesse !

« Il se passa quinze années. Le sire de la Drolettière revint, celui-là qui avait succédé à
M. son père dans la charge acquise. Il s'était
marié à Paris avec une la Bissonnière, aussi de
très petite noblesse ; mais on était de Paris, on
avait de la tournure, on avait vu la Cour, on
disait d'or, et c'était étourdissant.

« Une fille et un fils étaient nés de ce mariage.
La fille avait douze ans, et c'était bien la plus
gracieuse et la meilleure petite personne qu'on

pût voir. Le petit garçon avait dix ans et possédait toutes les vertus et tout le génie de son
père et de son aïeul. Vous voyez qu'il était encore destiné à faire un gentilhomme accompli!»

— Voilà une fine langue, murmura Bassompierre en souriant et en s'adressant au
marquis de Leuville.

— Ce petit avocat l'a longue, répondit le
marquis à voix basse; mais il a de l'esprit en
diable, et un ton original des plus amusans.

— C'est un bon compagnon, répliqua le
maréchal, et un homme de cœur; écoutons-le.

« Maître Drolet de la Drolettière, reprit l'a-
vocat, mourut sur ces entrefaites, laissant
quelques six mille écus de rente au sire de la
Drolettière. Cet homme avait une ambition
de cardinal, et vous allez voir, messieurs, jusqu'à quel point il la poussa.

XXXV

Maître Lesage.

> En fait de gentilshommes, je n'estime que les
> gens de cœur et de talent..
> Il y a très peu de véritables gentilshommes,
> car la grandeur du caractère, le génie et le cou-
> rage ne sont pas des choses vulgaires.
> Les esprits éminens, les hommes héroïques,
> les sages d'une nation, voilà ce que j'appelle
> des gentilshommes. — Mais le nobiliaire de
> France qui n'y regarde pas de si près dit que
> l'Etat possède cent mille gentilshommes.
>
> *Un savant blasonneur.*

« A cinquante pas de distance de la maison
au chevron de gueules, aussi sur le bord du
fossé qui traverse Orbec, habitait l'échevin des
marchands, qu'on appelait maître Lesage. C'est

un nom bien beau si vous voulez, bien philo-
sophique, mais c'est un nom bourgeois au su-
perlatif. Maître Lesage était un homme dont la
probité faisait loi; il était riche, considéré,
plein de courage, et avait plus d'une fois donné
des preuves d'une intelligence éclairée dans les
guerres civiles qui avaient déchiré la France
durant de si longues années. Cet homme avait
un fils unique de la plus haute espérance, auquel on avait donné le prénom de Jean. Voyez
encore quel nom anti-gentilhommier! Si encore
il s'était appelé Alban, ou Sigismond, ou Edme:
mais non, il s'appelait Jean!

« La position de maître Lesage lui permettait de voir la noblesse. Les hobereaux dai-
gnaient aller chez lui, parce qu'il était riche et
que sa table était la plus splendide de tout le
pays. Ensuite, quoique vilain, il pouvait étaler
un arbre généalogique dont la tête s'allait perdre aux temps de Philippe VI de Valois et même
de Louis X, le premier des fils de Philippe-le-
Bel; or, depuis 1314, c'est-à-dire depuis trois

siècles, les Lesage avaient toujours été dans les
notables de la ville, et le plus fier gentilhomme
du pays aurait été fort en peine de fournir au
blasonneur d'aussi *belles preuves.*

« En arrivant à Orbec, M. de la Drolettière
avait fort recherché la compagnie de cet honnête homme; peu à peu, ils s'étaient liés, ils
étaient sans cesse l'un chez l'autre, et, quoique ce dût être encore loin dans l'avenir, les
deux amis avaient parlé d'une alliance entre
leurs familles.

« La mort de M. Drolet de la Drolettière
ne changea aucunement les relations amicales
qui existaient entre elles. Jean, qui étudiait à
l'université de Caen, venait passer ses vacances
à Orbec, où il retrouvait Berthe et son frère Annibal de la Drolettière, qui n'étudiait pas du
tout afin d'avoir une meilleure façon de gentilhomme. (1)

_____

(1) A cette époque, il n'y avait guère que les gens de cour qui
fissent étudier leurs enfans, mais la haute noblesse était souvent

« Jean Lesage devint un beau jeune homme
de vingt-trois ans; il avait pris tous ses degrés,
il était docteur, et il n'attendait plus que l'âge
pour exercer le métier d'avocat. Quand il s'en
allait au bailliage écouter les doyens de sa profession, il fallait voir les jolies bourgeoises et
les piquantes dariolettes de la grand'rue, le
suivre de l'œil, admirer ses beaux cheveux
blonds flottant au vent, et sa taille haute, et
son imposant aspect, et sa mine fière! Que de
bonnes fortunes pour lui, s'il eût seulement
voulu ouvrir les yeux!

« Mais le cœur de ce beau docteur était pris.
Berthe avait vingt ans alors, une figure de
vierge, des cheveux cendrés, des yeux bleus
et une grâce enchanteresse; ils s'étaient tant
vus depuis dix années, ils s'étaient tant con-

---

aussi instruite que la magistrature. Les petits hobereaux des pro-
vinces, au contraire, vivaient dans une ignorance grossière et s'en
targuaient. Cette mode, au reste, n'est pas encore trop surannée,
et le mot de l'avocat a toujours de la portée.

fié leurs peines et leurs joies que l'amour s'était
glissé au milieu d'eux, et ils s'aimaient !

« Jean ouvrit son cœur à son père, qui ap-
prouva bien fort ce choix, et tout aussitôt maître
Lesage s'en alla trouver son ami M. de la Drolettière.

— « Vous me voyez dans une grande joie,
mon cher voisin, lui dit-il. On dit que tel qui
élève bien ses enfans en aura du contentement,
et cela me donne une petite teinte d'orgueil,
car apparemment j'ai bien élevé mon Jean,
puisqu'il fait tout ce que désirait mon cœur.

— « Qu'y a-t-il donc, maître Michel ? répliqua
le sieur de la Drolettière d'un air superbement
hautain.

— « Une chose qui ne vous affligera pas,
mon ami, j'en suis certain d'avance. Jean, vous
le savez, a fait de brillantes études ; son nom a
laissé de beaux souvenirs à l'Université de Caen,
d'où sont sortis tant de gens remarquables : —
Malherbe, Vauquelin des Yveteaux, François de
Cauvigny, Patrix. Pardon, si je vous dis tout

cela ; mais je suis père, et j'ai droit d'être fier
de mon fils. Eh bien ! il est amoureux, le pauvre garçon ; il aime et il est aimé ; il désire se
marier, et je lui donne, à partir de ce jour, une
terre de deux mille écus de revenu.

— « C'est très bien cela, maître Lesage.

— « Et je viens vous demander la main de
Berthe, avec la dot qui vous paraîtra convenable.

« L'honnête échevin riait d'un rire qui faisait
envie. Il était sur un trône : les êtres qu'il ché-
rissait le plus allaient être heureux ! En face de
lui, se tenait M. de la Drolettière, qui faisait
l'empereur, qui comptait ses quartiers en dedans, qui invoquait son orgueil nobiliaire, trouvant bien osé ce bonhomme qui songeait à
s'allier, lui, Michel Lesage, aux Drolet de la
Drolettière !

— « Il faut que je consulte madame, dit-il
d'un ton presque incivil ; vous sentez que je dois
des égards au nom des la Bissonnière, une famille illustre..... de Paris.

— « Oh ! mon Dieu ! elle le sait bien, votre femme ! »

— « Ma femme ! ma femme ! murmura le sire de la Drolettière; sont-ils manans, ces bourgeois !— Enfin, on vous rendra réponse, maître Michel. »

« L'excellent Orbécais, aveuglé par le bonheur, alla rejoindre son fils, et lui dit que la demande était faite.

« Pendant que Jean faisait de beaux rêves dorés, qu'il songeait à la vie de délices qu'il allait goûter avec sa chère Berthe, les la Drolettière accablaient leur fille de reproches, lui faisaient un crime de ce qu'ils appelaient la bassesse de ses inclinations, et, d'un commun accord, on songea à la cloîtrer chez les Ursulines. — D'ailleurs, Annibal de la Drolettière avait dix-huit ans, il jurait comme un gendarme, buvait de même, et brelandait plus de ribaudes que de comtesses; tout cela n'était-il pas de merveilleuses dispositions de gentilhomme ? Puis il portait un nom superbe, et on résolut de l'envoyer à Paris pour en faire un homme de guerre.

« Avec ces belles résolutions, on attendit de pied ferme le bon, l'excellent doyen des notables de la cité.

« Quelle ne fut pas sa douleur, quand le sire de la Drolettière lui dit d'une voix sèche :

— « Votre fils est charmant, sans doute, maître Michel ; mais il s'appelle Jean Lesage, et Berthe ne peut pas rester *demoiselle* (1) toute sa vie. Ou elle épousera un gentilhomme, ou elle sera religieuse. Voilà notre dernier mot.

— « Dites-moi, voisin, répliqua le vieillard, il s'agit ici d'une chose sérieuse, et non d'une plaisanterie : madame de la Drolettière con-sent-elle ?

---

(1) On ne donnait autrefois la qualification de *madame* qu'aux femmes de qualité. Les bourgeoises mariées n'avaient que le titre de *demoiselles*. Cet usage est resté dans nos mœurs jusque sous Louis XV. Dans la basse Normandie, on n'appelle pas encore monsieur un riche propriétaire ou un gros fermier, on l'appelle *maître*, et sa femme *maîtresse*.

— « Mes paroles sont fort sérieuses, maître
Michel.

— « Ainsi, vous n'agréez pas mon fils ?

— « Nous voulons pour gendre un gentilhomme. Dans notre position, vous concevez,
monsieur, qu'on se doit des égards..... qu'on
ne peut se mésallier.....

« L'échevin, à ces mots insultans, retrouva
toute l'énergie de sa jeunesse, et, se levant
brusquement, il regarda le sire de la Drolettière avec un mépris profond.

— « Je vois bien que tout est fini entre nos
familles, lui dit-il.

— « Quant au mariage, oui, maître Michel.

— « Et c'est à propos de ce que vous appelez
votre rang, votre blason !... mais vous me faites
pitié, maître Drolet !

— « Monsieur !

— « Écoutez, mon gentilhomme, je vous
connais. Je sais bien qu'il faut un commencement à tout, même à la grande noblesse qui
marche aux pieds du trône ; mais quand il s'agit

d'une noblesse d'hier, et d'une noblesse achetée avec de l'or, je vous trouve bien ridicule et bien hardi de venir me mépriser, moi, moi qui ai un blason de haute bourgeoisie qui remonte à Louis-le-Hutin! — Votre père, de soldat qu'il était, se fit maquignon, de maquignon usurier, et d'usurier gentilhomme! — Je savais tout cela, et je l'ai oublié pour rendre mon fils heureux, parce qu'il aime Berthe éperdument..... — Mais venir me parler de votre gentilhommerie, et me regarder de haut en bas, c'est par trop fort, maître Drolet!..... Savez-vous que j'ai été servi, moi, par un de vos proches? Votre père s'appelait Jehan, votre aïeul Nicolas. Eh bien! ce Nicolas a été corvéable chez mon grand-père maternel; entendez-vous, corvéable! — Et c'est là que, par pitié, on lui fit apprendre le négoce des frocs qui l'a enrichi. — Lequel de nous, monsieur, est le plus gentilhomme? — Allez, mieux vaut être un citoyen honnête, un bourgeois honoré, que de se pavaner sous un harnois ridicule. Moi, je n'ai pas honte d'être

appelé maître Michel Lesage; c'est un nom
qu'on prononce gravement, avec vénération,
et le sourire ne vient jamais sur les lèvres de
ceux qui parlent de moi, comme quand on parle
des Drolet de la Drolettière ! — Adieu, monseigneur ! ajouta le vieillard d'un ton plus incisif
encore en se retirant; les talens que Dieu a
donnés à mon fils sont de beaux titres à la
considération publique, et s'il lui plaît jamais
d'acheter une charge noble, ce que je ne crois
pas, maître Michel pourra lui donner plus de
pistoles que vous d'écus à votre illustre hé-
ritier !

« Le sire de la Drolettière resta extrêmement
confus, ne s'attendant guère à ce cours d'histoire héraldique; et, tout froissé, tout furieux,
craignant quelque tentative de Jean Lesage, il
conduisit dès le soir même, impitoyablement,
la ravissante Berthe, qui fondait en larmes, au
couvent voisin des Ursulines. Comme la règle
est sévère, et que désormais sa fille était sous
la sauvegarde de la religion, il partit deux

jours après pour Paris, avec sa femme et son
fils, afin de faire un grand guerrier du jeune
sire Florimond-Annibal de la Drolettière.

« Le pauvre docteur ressentait d'affreuses
angoisses. Il avait été frappé au cœur, et sa
souffrance s'augmentait encore des douleurs qui
déchiraient l'âme de celle qu'il aimait. Il en
perdit le manger et le boire, et devint sérieuse-
ment malade. J'étais son meilleur ami, je savais
toutes ses peines, et j'essayai de le consoler.
Son excellent père et moi, nous ne le quittions
pas; et la tendresse et l'amitié firent beaucoup
plus que les médecins assurément.

« Une fois rétabli, Jean mit tout en œuvre
pour enlever Berthe; mais la jeune fille était
trop bien surveillée; mon ami dut y renoncer.
Alors il séduisit une servante du monastère.
qui consentit à lui être utile, et ces pauvres
amans s'écrivirent fréquemment.

« Le commerce des lettres est une chose dé-

licieuse pour la passion; on se révèle mieux
encore dans une lettre que par la parole. Dans
une lettre, on ose tout; la réflexion vient se
mêler à la fantaisie; la timidité, la gaucherie ne
percent pas dans une lettre; on a toute sa tête
quand on écrit. Ils s'en écrivirent de si brûlantes, de si entraînantes, que ma foi cela ne
suffit bientôt plus, et Berthe consentit une
belle nuit à recevoir son amant.

— « Je viens te demander un service d'ami,
me dit un soir Jean Lesage; ta maison est en
face du couvent des Ursulines, et de là je peux
aller retrouver ma maîtresse : veux-tu m'aider ?

— « Tu sais que je ne peux te rien refuser,
répliquai-je; mais le moyen ? une rue de vingt
pieds sépare mon logis du couvent, et j'ai l'a-
grément d'avoir une haute muraille sans fenêtres pour perspective.

— « Tu consens, n'est-ce pas, René ? s'écria-
t-il avec enthousiasme; eh bien ! sois tranquille,
j'ai mon projet. Je n'ignore pas que l'entre-
prise est hérissée de difficultés énormes, que

j'encours les peines les plus sévères en entrant
dans un couvent, mais rien ne m'arrêtera.
J'aime Berthe, je veux faire repentir son père
des rigueurs criminelles dont il l'a accablée.

— « Eh bien! je serai tout à toi.

— « A ce soir donc.

XXXVI

Une de nos grandes calamités sociales, c'est de
voir la profonde indifférence des chefs de famille
pour leurs enfans. On ne se donne pas la peine
d'étudier le caractère des êtres qu'on veut unir,
on ne cherche pas la similitude des goûts et des
idées, l'harmonie, cette belle déesse protectrice
de la vie intime ; non, tout cela est méconnu, oublié ! Pour une jeune et charmante fille, pleine de
grâce et d'intelligence, on veut d'abord un époux
riche. — Les qualités du cœur et l'élévation de
l'esprit ne viennent qu'après, — ou ne viennent
pas.

Comte L. DE CHARNY.

« Comme la rue des Religieuses était fort
noire et assez peu habitée, poursuivit l'avocat,
il fut facile à Jean Lesage de faire secrètement
ses préparatifs. Après le couvre-feu, sur les

dix heures du soir, alors que toute la ville
était endormie, le docteur arriva chez moi,
portant prestement une longue échelle.

— « Que veux-tu faire de cela, bon Dieu?
lui dis-je.

— « La petite fenêtre de ton grenier est à
la hauteur du toit du couvent; nous sommes
assez forts tous deux pour poser cette échelle
sur l'autre toit; quand elle y sera, tout sera dit.

— Malheureux! songes-tu que le moindre
vertige te précipitera sur le sol d'une hauteur
de quarante pieds! Pour cela, je ne le souffrirai pas.

— « C'est ainsi que tu tiens ta promesse,
René, me dit-il froidement.

— « Mais c'est vouloir courir à ta perte,
malheureux !

— « Laisse-moi faire, te dis-je, et aie confiance en ma destinée.

« Nous suspendîmes l'échelle sur la rue,
comme un pont; c'était effrayant à voir. Jean,
plein d'intrépidité, sauta dessus, s'agenouilla,

et, saisissant les échelons avec ses vigoureux
poignets, il arriva ainsi sur le toit du couvent.
Un instant lui suffit pour grimper jusqu'au
faîte, et il redescendit de l'autre côté, d'où il
parvint à gagner la cellule de sa bien-aimée.

« Il se passa sans doute bien des choses, —
ce qui se passe toujours entre les êtres qui
s'aiment. — Au bout de cinq mois de cette
audacieuse intrigue, Berthe s'aperçut qu'elle
était mère. Voilà bien des désespoirs! L'expiration de son noviciat approchait; on allait
couper ses beaux et longs cheveux cendrés,
couvrir sa tête du lugubre voile; elle se voyait
perdue, accablée, déshonorée! Elle supplia son
amant d'employer toutes les ressources pos-
sibles pour obtenir sa main.

« Mais le sire de la Drolettière était un
homme inflexible; et à cette époque il entrait
dans les idées de la plupart des hobereaux de
cloîtrer leurs filles pour que le fils aîné pût
soutenir plus dignement le nom de ses pères.

H.   21

Les amis du jeune homme échouèrent donc comme avait échoué maître Nicolas.

— « Que faire ? s'écria le pauvre Jean en se tordant les mains avec angoisse; la tourière du couvent est incorruptible, le chemin que je parcours n'est pas accessible à une femme, et dans huit jours on force Berthe à prendre le voile ! Mon Dieu! que faire? Voyons, René, mets ton esprit à la torture; et aide-moi !

« Hélas! la fatalité vint s'appesantir sur nous et paralysa toutes nos mesures.

« Une nuit que Jean était dans la cellule de mademoiselle de la Drolettière, la supérieure des Ursulines parcourant à pas de loup les longs corridors, fut frappée d'entendre deux voix à cette heure avancée. Elle s'arrête, prête l'oreille, et reconnaît qu'un homme s'est introduit dans le couvent. Cette femme avait de l'esprit, de la hardiesse; elle ne voulut pas faire d'esclandre afin de mieux s'assurer de la vérité. Pour cela, elle se cacha dans une cellule inhabitée, tout près de celle de la recluse, et attendit.

« Jean sortit enfin, et quitta son amie en l'exhortant à prendre courage, l'assurant qu'il la sauverait avant l'expiration du terme fatal; puis, après l'avoir comblée de caresses qui pénétraient d'épouvante la pauvre supérieure, il sauta sur le toit et vint me rejoindre.

— « René, s'écria-t-il, nous sommes sauvés! Berthe a trouvé le moyen de s'approprier une clef qui ouvre la porte du réfectoire. Ce réfectoire donne sur les jardins; nous nous munirons d'échelles, et je me charge, avec mon précieux fardeau, de franchir les murs qui sont situés dans la rue des Trois-Croissans.

— « Quand comptes-tu mettre ce projet à exécution ?

— « La nuit prochaine. J'ai un domestique sûr, d'excellens chevaux, je gagnerai rapidement Falaise, où certes nul ne me soupçonnera.

— « Que Dieu vous garde! lui dis-je en lui serrant la main; à la nuit prochaine!

« La prudente supérieure avait pris ses mesures. Mais son visage ne trahit aucune émotion vis-à-vis de ses compagnes : seulement, sur le soir, elle fit prier M. de la Drolettière, arrivé de Paris depuis un mois, de se rendre à l'instant même au monastère. Il y vint, et elle lui raconta ce qui s'était passé.

— « Je le tuerai! s'écria-t-il avec fureur.

— « Soyez prudent, monsieur, et ne compromettez pas notre maison : il vaudrait mieux peut-être les unir. Berthe a encore quatre jours pour prononcer ses vœux.

— « Je les lui ferai prononcer, vous dis-je, madame! répliqua le gentillâtre avec rage. Oh! le maudit avocassier! je le livrerai à la justice criminelle. C'est un sacrilége abominable!

— « Les préjugés sont souvent dangereux, reprit la supérieure; prenez-y garde, monsieur. Et si ce jeune homme devait rendre votre fille heureuse....

— « Mais ma fierté ne le serait pas, madame.
Ce que j'exige de vous, c'est que ma fille soit
prisonnière la nuit.

— « Il en sera ainsi, monsieur.

« Voilà jusqu'à quel point en étaient les
choses quand mon ami arriva chez moi avec
son domestique.

— « Les échelles sont cachées le long d'une
haie rue des Trois-Croissans, me dit-il; dès
que je serai dans le couvent, vous vous y ren-
drez tous deux sans plus tarder, et l'infortunée
captive respirera bientôt l'air pur de la liberté.

« La nuit était claire, quoique la lune ne
brillât pas; Jean se plaça sur l'échelle, et déjà
il se trouvait au milieu de son périlleux trajet,
quand ce cri : Au voleur! plusieurs fois répété
sous mes fenêtres, vint nous glacer d'épouvante.

— « Reviens, lui criai-je, reviens!

— « Non, reprit-il courageusement; et fais
ce que nous sommes convenus.

« A peine le malheureux avait-il prononcé

ces paroles que deux coups d'arquebuse retentirent ; puis Jean poussa un cri d'angoisse et
tomba lourdement sur le pavé....

— « Vite, vite, des lumières ! cria un homme.
Courez chercher la maréchaussée.

« Je descendis dans la rue, et je me trouvai
face à face avec le sire de la Drolettière armé
jusqu'aux dents.

— « Vous êtes un infâme ! lui dis-je en le
menaçant.

— « Je vous dirai deux mots en justice, répliqua-t-il en élevant la voix. Ah ! vous n'avez
rien de mieux à faire que de vous introduire
comme des voleurs ou comme des amoureux la
nuit dans les couvens ! Nous en verrons de
belles avec les robes rouges, mes muguets !

« Les sergens arrivèrent, puis les voisins,
puis d'autres habitans que les cris et les coups
d'arquebuse avaient réveillés, et quand on voulut soulever mon malheureux ami, il trépassa.

— « Vous êtes un infâme ! dis-je de nouveau

au sire de la Drolettière, et maintenant, qui
rendra l'honneur à votre fille?

— « Que voulez-vous dire? repartit l'orgueilleux en pâlissant.

— « Je veux dire que Berthe de la Drolettière,
votre fille, porte dans son sein un gage de l'a-
mour de Jean Lesage.

— « Ah! mon Dieu! voilà ma maison déshonorée! s'écria-t-il en s'enfuyant comme un
possédé.

— « Oui, et, grâce à vous, personne qui puisse
réparer le mal, mon orgueilleux gentilhomme!

« Cette affaire fit grand bruit par toute la Normandie; or, comme le coupable était mort, M. de
la Drolettière, qui voulait une vengeance, alla
solliciter contre moi, le complice de l'infortuné
docteur, toute la canaille ensoutanillée, la queue
de ces inquisiteurs qui brûlaient les hommes de
cœur sous ce bon François Iᵉʳ et sous la Catherine
de Médicis qui machina la Saint-Barthélemy! Je

fus arrêté, traîné dans les prisons de Rouen ;
je comparus devant la cour criminelle; et, l'esprit de corps s'en mêlant, il fallut bien m'ac-
quitter. Mais sans la fermeté des juges qui su-
rent résister aux prières et même aux menaces
parties de haut lieu, j'étais un homme pendu !

« Malgré mon entier acquittement, je fus
noté à l'encre carminée sur le livre mystérieux
des délations, et l'on ne m'oublia pas.

« Je revins à Orbec, où j'appris la disparition
de Berthe. M. de la Drolettière l'avait envoyée
en Angleterre. Quant au malheureux maître
Lesage il était inconsolable; et j'essayai d'a-
doucir quelque peu l'amertume de ses chagrins,
en lui témoignant une tendresse filiale. Il en
fut extrêmement touché; nous causions souvent
du malheureux Jean, de sa douceur, de ses
qualités brillantes, des hautes destinées aux-
quelles il pouvait atteindre; puis nous pleu-
rions ensemble, et le pauvre vieillard était
moins torturé.

« Je repris mes travaux. Je plaidai de nou-

veau, défendant plus volontiers et avec plus
de courage la cause du pauvre que la cause du
riche, celle du corvéable de préférence à celle
du gentilhomme. — Les puissans ne sont jamais embarrassés pour trouver des défenseurs;
quant aux faibles, aux infortunés, c'est diffé-
rent. Aucuns appellent cela de la droiture,
de la générosité. — C'est de la sottise tout
bonnement, messieurs, car je me suis aperçu
que l'humanité était mauvaise, et qu'elle ne
valait guère la peine qu'on se fît *embastiller*
pour elle.

« Mais il y a trois mois, j'avais encore toutes
mes illusions magnanimes; l'éloquence que
Dieu m'a donnée appartenait à ceux de mes
frères qui souffraient, et ce que je croyais beau
et noble fut taxé d'infamie !

« Daignez écouter cette lamentable révélation,
messieurs, et jugez-moi en face de mes ennemis
acharnés...

XXXVII

Aventure d'un Corvéable à merci.

> Dans les âges féodaux, un corvéable à merci
> était mille fois plus à plaindre qu'un esclave
> chez les Romains.

« Voici ce qui se passa, messieurs, continua
le jeune avocat d'une voix émue, dans le cou-
rant de décembre 1636, à l'abbaye de Friardel
près Orbec. Vous êtes tous gentilshommes, et

néanmoins je suis persuadé que vous auriez imité ma conduite, quoiqu'elle attaquât au fond les prérogatives de votre caste privilégiée.

« Les Masselin étaient originaires d'Abenon, misérable hameau situé sous les bois de Friardel, et dépendant de la riche abbaye de ce nom. Par suite des chartes féodales, les Masselin étaient corvéables des moines, corvéables non pour un ou deux jours de la semaine, mais corvéables à merci; — c'est-à-dire que, sur la moindre réquisition du prieur, tous les membres de cette famille devaient quitter leurs travaux pour exécuter ceux du monastère.

« La famille Masselin, nombreuse dans l'origine, avait successivement disparu; l'impossibilité de se racheter de la corvée n'avait sans doute pas été une des moindres causes de cette disparition du sol. — L'esclavage, même au sein de l'oisiveté, dégrade et use plus l'homme que la liberté avec de durs travaux, du pain noir et des inquiétudes sans cesse renaissantes. Les

Masselin étaient des hommes fiers ; et , ne pouvant devenir libres , ils se laissèrent mourir.

« Un seul restait. C'était un paysan rude, âpre, ignorant comme un serf, mais doué d'une immense énergie, mais honnête homme, craignant Dieu, adorant sa femme, corvéable comme lui, chérissant ses quatre petits enfans et pleurant chaque jour sur sa condition misérable et celle de tant de pauvres êtres qu'il aimait.

« Ses travaux le faisaient passablement vivre ; et il s'apercevait que sans la corvée il eût pu élever ses quatre garçons beaucoup mieux. Un éclair de philosophie, un rayon du ciel pénétra dans l'âme de ce paysan grossier, et il se demanda si les moines étaient d'une nature de Dieux pour l'opprimer ainsi.

— « Il faut que j'arrose avec mes sueurs le sillon que je creuse, pensait-il ; que la raffale souffle de la mer ou que la nuée crève sur ma tête, je dois rester à la charrue, ou à faire retentir la cognée dans les bois, ou à déchirer mes membres pour entretenir les haies vives

qui bordent le chemin; et pendant ces heures
de dure fatigue que font les seigneurs moines?
Ils dorment ou se reposent, car ils ne prient
guère! Pour récompense ils m'octroient quelque nourriture, qui, le plus souvent, m'est re-
prochée, ne m'étant pas légalement due. (1) Ils
enseignent la prière à mes enfans et confessent
ma femme et moi. Mais si j'étais libre de travailler sans relâche à mon métier de tisserand,
il me serait facile d'envoyer mes deux aînés à la
ville ou ils apprendraient à lire, et ils pourraient
un jour devenir des bourgeois. — Mais comment
se fait-il que je sois l'esclave de cette abbaye?
car enfin le prieur est un homme comme moi;
on dit même qu'il est aussi le fils d'un corvéable; et parce qu'un moine protégeait sa mère, il
a appris à devenir savant, et ses frères l'ont
nommé prieur. Ah! le bon Dieu n'est pas

---

(1) Les corvéables n'étaient pas même nourris par leurs seigneurs. Si c'était une corvée d'homme et de chevaux, le malheureux opprimé devait suffire à tout. C'étaient des temps déplorables,
et l'on se plaint aujourd'hui !
        Voyez Papon. — La coutume de Normandie, etc.

juste de permettre tout cela; et si quelque soir
le démon me pousse je ne ferai plus la corvée!

« Voilà comme raisonna Masselin. L'hiver
étant rude, la misère fut grande. Les moines
ne mirent pas le nez dehors, et les pauvres corvéables durent vaquer à tout. Cela obéra Masselin de plus en plus; et les malheureux habitans
de la chaumine souffrirent comme ils n'avaient
jamais souffert. La jeune femme n'y put tenir,
elle tomba malade et mourut.

« Masselin resta seul avec ses quatre petits
enfans; il implora pour eux les soins d'une
voisine, et s'enferma dans son *ouvroir* afin de
travailler sans relâche et de pleurer sa douce
compagne avec plus de liberté.

— « Dieu aura sans doute pitié de moi, dit-
il, et mon travail suffira peut-être à toutes nos
nécessités.

« Il oubliait, le pauvre homme, qu'il était
corvéable, que sa chaumine, que son champ,
son verger appartenaient à l'abbaye; qu'il ne
pouvait disposer à son gré de son temps; il ou-

bliait tout cela, Masselin, dans ses projets de bon et courageux père, et un ordre du prieur vint l'en faire souvenir.

« On le réclama pour une rude corvée.

— « Dites à monseigneur le prieur, répliqua-t-il, que j'ai eu le malheur de devenir veuf, que j'ai mon jardin à ensemencer, mon champ à labourer, mon verger et ma chaumine à soigner; dites-lui aussi que j'ai quatre enfans qui souffrent de la faim quand la navette de mon métier ne marche pas. En conséquence je ne puis faire la corvée.

« Cette rebellion d'un homme presque serf provoqua la colère du prieur; il voyait le principe de la puissance cléricale méconnu, méprisé par un vassal; il importait de couper cette hostilité dans sa racine. Alors deux religieux reçurent l'ordre de se diriger aussitôt vers la cabane du corvéable afin de l'amener à l'abbaye.

— « Notre vénérable prieur, ton puissant maître, exige que tu te rendes sans délai au monastère, dit un des moines avec hauteur.

— « Vous voyez que je travaille, mes révé-
rends, répliqua Masselin avec calme; il faut que
cette toile soit rendue dimanche à maître Motte
d'Orbec; et, comme le prix de mon labeur m'est
fort utile, je dois rester ici.

— « Songes-tu à la portée de ta désobéis-
sance, misérable ?

— « Je songe que je dois avant tout nourrir
mes pauvres enfans.

— « Ce rustre est d'une audace ! dit l'autre
moine.

— « Il faut le faire marcher avec le bâton.
Allons, debout, vassal rebelle !

— « Arrière, vous autres ! s'écria Masselin
en sortant de son ouvroir; puis, saisissant sa
cognée, il revint aussitôt vers les religieux d'un
air farouche : — Sortez de céans sur l'heure,
hommes méchans, et dites à votre abbé que
tant que mes quatre garçons ne seront pas en
état de gagner leur vie, Masselin ne fera pas
une seule corvée.

« Cette révolte fit grand bruit à l'abbaye. On

connaissait le caractère énergique et sauvage
du corvéable, et le prieur voulut y mettre ordre.
Comme les terres de l'abbaye de Friardel rele-
vâient de la criminalité d'Orbec, il fit venir le
lieutenant du bailli avec quelques sergens, et,
se transportant au hameau d'Abenon, il ordonna, malgré le froid rigoureux, qu'on jetât
dehors de la chaumière Masselin et ses quatre
petits enfans. (C)

« L'ordre impitoyable fut exécuté; le corvéable protestant roula sa toile inachevée, la
chargea sur ses épaules, prit sa cognée et emmena ses enfans.

— « Soyez certain que Dieu me vengera,
monseigneur l'abbé, dit Masselin, si je ne le
fais moi-même. Vous traitez mieux vos chevaux ou vos chiens, si rebelles qu'ils soient,
que vos malheureux vassaux. — Pourtant les
hommes doivent mieux valoir que les chiens.

« Les sergens fermèrent l'huis soigneuse-

(C) Voyez les notes historiques à la fin du volume.

ment, y appliquèrent le sceau du prieur, et la
justice abbatiale et la justice royale se retirèrent
toutes fières de leur triomphe. Quant au tisserand, il courut à la ville rendre sa toile, et
vint, au coucher du soleil, reprendre ses enfans qu'il avait laissés chez sa voisine.

« Il erra autour de la chaumine construite
par ses pères, quand on leur eut concédé ce
verger qu'ils avaient payé cent fois; la trouvant
fermée, il s'enfonça dans les bois avec ses enfans; mais la nuit qui s'abaissait sur la terre,
la tempête qui bruissait dans les grands chênes,
les hurlemens des loups, les cris sinistres des
orfraies, firent peur à ces pauvres petits, et
d'un autre côté, le froid les glaçant, ils demandèrent à leur père qu'il les ramenât à la
chaumine.

« Masselin fut attentif à leurs prières; il re-
joignit cette demeure dont on l'avait chassé;
puis, sans calculer les conséquences qui en ré-
sulteraient, n'écoutant que les cris des pauvres
petits êtres qui tremblaient, il brisa la porte à

coups de cognée, et bientôt un feu de château brilla dans l'âtre.

« L'horreur de sa position apparut alors à ses yeux d'une façon terrible ; son esprit se troubla, il se vit courbé sous le poids de sa chaîne qui s'alourdissait de jour en jour ; il se représenta ses quatre garçons corvéables comme lui, malheureux comme lui ; et, cédant au paroxisme de sa colère, il s'approcha d'eux ; les pauvres infortunés dormaient. — Il les étouffa. (D)

— « Mieux vaut la mort qu'une servitude perpétuelle ! s'écria-t-il. — Et maintenant, cruels que vous êtes, maintenant que vous m'avez forcé d'assassiner les fils de mon sang, soyez contens de vous-mêmes, moi je vous maudis !

« Sa vengeance n'était pas assouvie ; amoncelant rapidement des branchages et des feuilles

---

(D) Voyez les notes historiques à la fin du volume.

sèches, il y mit le feu et prit lentement le
chemin de l'abbaye.

« L'incendie fit des progrès rapides. La
vieille chaumine brûla comme des sarmens; la
vallée était resplendissante de lumière. Bientôt
des cris retentirent de toutes parts, et les
moines effrayés se mirent aux fenêtres de leurs
cellules :

— « Qu'y a-t-il, sainte Vierge? s'écria le
prieur en apercevant cette ardente fournaise.

— « Il y a que Masselin, le dernier corvéable, repartit une voix rude, a étouffé ses quatre
infortunés enfans et mis le feu à sa chaumine,
poussé qu'il était par votre cruauté, monseigneur !

« Puis un sifflement passa dans l'air, et la
hache de Masselin alla s'enfoncer dans l'enta-
blement de la fenêtre, à deux pieds du prieur.
Le moine poussa un cri, et le corvéable
disparut.

« Masselin fut arrêté quelques jours après
cet événement à Exmes près de Chamboy; on

le ramena chargé de chaînes à Orbec, puis il
fut conduit à Alençon; on lui fit son procès,
et il fut condamné à mourir sur la roue.

« Tout le monde criant à la monstruosité
à propos de ce malheureux, je m'offris pour le
défendre; je protestai contre la corvée avec une
énergie extrême; je démontrai avec une audace
effrénée l'abus d'autorité du prieur; j'invoquai
les paroles de l'Evangile, ce grand et sublime
code de l'égalité, de la plus noble justice. Puis
ensuite, étendant les particularités aux géné-
ralités, je fis retentir dans l'enceinte de la loi
les paroles d'un homme libre; je foulai aux
pieds l'esclavage, je flétris la tyrannie, et...
mon malheureux client fut roué, et moi que
les la Drolettière et consorts ne perdaient pas
de vue, je suis venu, messieurs, expier ce que
j'appelle mon héroïsme avec vous à la Bastille! »

— Vous êtes un noble jeune homme, s'écria
Bassompierre en l'embrassant. Il y a bon nombre de grands seigneurs de votre opinion, soyez-
en persuadé, mon ami; et quand le peuple est

esclave, les seigneurs sont esclaves de plus grands seigneurs qu'eux. — *E viva la libertà!*

— Bien trouvé, monsieur le maréchal, dit le chevalier de Jars en riant; avec cela que cette Bastille est charmante.....

— C'est égal, cela me fait plaisir de penser que beaucoup de mes amis jouissent de cette liberté si chère. Oh ! je voudrais que l'humanité tout entière fût libre. Les hommes auraient plus d'estime d'eux-mêmes et seraient meilleurs.

— En attendant, répliqua le comte de Cramail, on pend à merveille les bourgeois de la Cité; hier, Thirel, le riche marchand de fer, celui qui avait une femme si jolie....

— Eh bien ? dit Bassompierre avec inquiétude.

— Eh bien, Thirel a été pendu.

— Et sa femme... cette mignonne créature ? reprit Bassompierre avec un trouble inexprimable qui attira sur lui tous les regards.

— Mais sa femme est dans un couvent depuis

plusieurs années. Que diable cela vous fait-il,
maréchal? vous êtes pâle comme une accouchée!

— Je parie, dit le chevalier de Jars, que
M. de Bassompierre a donné l'aubade à cette
belle marchande de fer.

— Elle en valait bien la peine, mon gentilhomme, répondit l'abbé de Foix, c'était une
perle !

— Dites un écrin, s'écria Bassompierre avec
chaleur. Oh! la *graziosetta bella* !

— Vous l'avez aimée?

— Je l'ai adorée! reprit le maréchal. Je
l'aime encore, et son doux souvenir sera le
dernier dans ma pensée.

— Vertubleu! quel amour!

— Oh! monsieur de Bassompierre, s'écrièrent
dix voix suppliantes, de grâce racontez-nous
l'histoire de la belle marchande de fer.

— Quant à cela, répliqua le maréchal d'un
air triste, je n'en ferai rien; c'est trop semé
de douleurs et de joies pour que j'aille vous

divulguer un pareil amour. D'ailleurs, elle
n'est pas morte, et j'en ai déjà trop dit.

— Puisqu'elle est dans un couvent, répliqua
Jars, et nous dans la Bastille, c'est comme si
nous étions tous trépassés. Par grâce, monsieur le maréchal, laissez-vous fléchir!

— Est-il possible, monseigneur, que vous
ayez la barbarie de nous refuser la plus belle
de vos galanteries? dit le marquis de Leuville
d'un ton chagrin.

— O ma Graziosetta!

— Elle était charmante, reprit l'abbé.

— Dites qu'elle était divine, et ce sera vrai,
ajouta-t-il en soupirant.

— Monsieur de Bassompierre fait la petite
bouche, répliqua le chevalier, mais au fond il
grille d'envie de nous initier aux secrets d'un
intérieur de ferronnier.

— Par pitié, maréchal, par pitié; cette tant
jolie histoire!

— Vous y tenez, messieurs, dit-il enfin d'un
ton charmant.

— Comme à vous-même.

— Soyez donc satisfaits, mes amis ; aussi bien, ces beaux et lointains souvenirs remettront de la fraîcheur et de la poésie dans mon âme. — C'est le plus pur et le plus poétique amour que j'aie jamais ressenti.

Alors il sembla recueillir ses idées durant quelques instans, et d'un air infiniment gracieux, il commença l'histoire de sa fameuse galanterie avec la belle marchande de la Cité.

FIN DU DEUXIÈME VOLUME.

NOTES HISTORIQUES.

———

(A) Orbec est une toute petite ville bâtie en forme de croix au fond d'une vallée enchanteresse. Rien n'est comparable à la richesse de sa végétation, à la magnificence de ses bois, à la limpidité de ses eaux, à la verdure de ses belles prairies. J'ai vu de bien grands et de bien beaux sites en Allemagne, en Italie, en Sicile et dans l'Orient, mais je n'en ai pas vu d'aussi frais ni d'aussi jolis que cette vallée solitaire. Eh bien, qui croirait que les êtres pour lesquels la nature s'est montrée si libérale sont, à quelques exceptions près, les êtres les plus anti-intelligens du monde?

Cette contrée est la Béotie de la Normandie.

Les chartes normandes commencent à parler d'*Orbecum* vers la fin du xᵉ siècle, mais son origine remonte bien plus haut. (1)

———

(1) Manusc. de l'abbé de la Grandière. Galeron.

Orbec faisait partie du *Pagus Lexoviensis*, et l'on peut reporter sa fondation aux premiers temps de l'invasion romaine. Socinius, l'un des lieutenans de César, après avoir vaincu les Salasses qui habitaient au pied des Alpes, dirigea ses légions victorieuses vers la Gaule celtique (*Westrasia*), selon Camdenus. Les Ambibares s'étaient révoltés; il leur livra bataille dans la plaine de Caen, les défit, et se dirigea vers la mer à travers les forêts Aulerciennes. Ceux-ci demandèrent du secours aux Bretons de l'Armorique (*de Littus Saxonicum*) et aux Pictes de la Grande-Bretagne. Bientôt une puissante armée vint combattre Socinius; les barbares remportèrent quelques avantages; et, le refoulant toujours dans les vallées, ils l'obligèrent à s'y retrancher. C'est alors que la forteresse d'Orbec fut bâtie, forteresse qui semble indestructible comme la gloire des Romains par lesquels elle fut édifiée. (1)

Comme aucun écrivain moderne ne s'est occupé de cette portion de territoire, j'ai pensé que le résultat de mes études pourrait être de quelque intérêt. Il est à regretter que M. Auguste Le Prévost, notre illustre compatriote, le plus savant antiquaire de France peut-être, n'ait pas consacré ses lumières à un travail général sur la Normandie; c'est à lui qu'il appartiendrait de fouiller dans ces profondes ténèbres, bien plutôt qu'à moi.

Pour prouver mon assertion en avançant que l'origine

---

(1) Galeron, procureur du roi à Falaise, savant laborieux enlevé trop tôt à la science, partageait complétement mon opinion sur ce point. Souvent même il m'a aidé dans mes recherches, et de ses conseils, et de ses travaux, et de sa profonde érudition.

d'*Orbecum* est romaine, je dirai que, en creusant le sol pour les fondations, on ne trouve guère la terre végétale qu'à une profondeur de douze pieds, et cette couche à traverser se compose le plus souvent de résidus de forges dans lesquels on a retrouvé quelques poteries romaines, des lampes en bronze, des ossemens et des médailles.

Je possède deux sesterces de Néron et de Vespasien et un magnifique médaillon, en marbre de Paros, représentant Alexandre-Sévère, qu'on trouva en creusant une cave. Cela ne donna pas l'idée de fouiller davantage. — O illustres Béotiens !

Dans le moyen-âge, un château-fort fut bâti sur les ruines de la forteresse romaine. Le célèbre Waleran, comte de Meulant, surpris d'une manière odieuse par Robert de Monfort, comte de Monfort-sur-Risle, son propre neveu, fut amené prisonnier à Orbec; et il y resta jusqu'à la mort de Geoffroy-Plantagenest.

Sous *Robert Courte-Heuze* et Henri Ier, Orbec n'avait que trente hommes de garnison; cette garnison plus tard, sous Eustache de Boulogne, fut portée à cinquante. (1)

En 1154 (1157), Clémence de Bienfaite épousa Robert de Monfort et lui donna la baronnie d'Orbec. (2)

Sous Philippe-Auguste, le *Petit-Henri*, seigneur d'Orbec, *celui-là qui conquesta le Poitou pour le roi Philippe*, éleva le chastel qui fut détruit quatre cent cinquante ans plus tard sous François Ier. (3)

---

(1) Chroniq. norm.
(2) Dumoulin, hist. de Nor.
(3) Mathieu Paris.

La baronnie d'Orbec appartint ensuite à la maison de France; car j'ai trouvé dans un cartulaire, que la veuve de ce même Henri la légua à Philippe-Auguste.

Quatre-vingts ans après, la baronnie d'Orbec relevait de la célèbre vicomté de Fontenay-le-Marmion, mais cela ne dura guère. (1)

En 1335, Orbec appartenait à Philippe de Valois, roi de France.

En 1380, la baronnie avait été donnée, sans doute pour récompenser quelques services, à messire Guillaume, car les registres de l'échiquier de Caen font mention d'un arrêt rendu par ledit échiquier contre messire Guillaume d'Orbec, chevalier, *lequel avoit battu et outragé Guillaume Auber, son vassal.* Le pauvre vassal fut quitte et deschargé des rentes qu'il faisoit audit d'Orbec, mais il dut reporter l'hommage et les faisances et redevances au roi. Il eut justice de son seigneur, le malheureux vassal, mais il n'y gagna rien. (2)

Puis cette baronnie passa entre les mains de Guillaume Foucquet, seigneur de la Vespierre, en 1500, puis de divers seigneurs; on la fit relever plus tard de la généralité d'Alençon, on y établit un bailliage; et tout cela finit par s'évanouir en fumée; et du rude siège que cette ville soutint sous Louis XI, et de beaucoup d'autres choses encore, nul ne pourra vous en rien dire.

(B) On appelait ainsi les nobles qui ne purent fournir de

---

(1) Cartulaire des seigneurs de Fontenay-le-Marmion et d'Harcourt, in-folio, manusc.

(2) Josias Bérault. La Coutume de Normandie. Des Fiefs.

titres valables en 1463. Ils furent renvoyés à *payer la taille*
à l'élection de Lisieux. De ce nombre, pour la baronnie
d'Orbec, furent : Bertrand de La Haye, Jean de La Haye,
greffier; Gaulthier d'Andel et Pierre Le Parquier. Si l'on
payait la taille pour cela aujourd'hui, bon nombre serait
renvoyé à la payer assurément. (1)

(C) On est indigné quand on jette un coup d'œil inves-
tigateur sur l'histoire, et qu'on songe à ces temps d'odieux
esclavage :

« ... Les Templiers, les religieux de Saint-Magloire,
« les Cordelières du fauxbourg Saint-Marceau et les cha-
« pelains de la chapelle Saint-André à Saint-Eustache, ont
« chargé les Blancs-Manteaux et les propriétaires de quel-
« ques maisons de Paris, assises sur leurs terres, d'une par-
« tie bien remarquable :

« En 1268, lorsque les Templiers accordèrent aux
« Blancs-Manteaux l'amortissement de leurs monastères,
« moyennant cinq sols parisis de cens, ils se réservèrent
« d'emporter les portes du couvent s'ils n'étoient pas payés
« à jour fixe.

« ....: Les chapelains de Saint-André et les Cordelières
« s'étoient réservé le droit sur quelques pauvres proprié-
« taires des rues Pavée, Tire-Boudin et Beaurepaire, à pro-
« pos d'une misère, non seulement de dépendre les portes
« de leurs maisons, mais encore de les coucher à terre

---

(1) Dict. de la noblesse normande, in-folio, manusc. Bibl.
royale.

« devant l'entrée, les sceller et les abattre si bon leur
« sembloit (1). »

Et cette chose rigoureuse fut souvent exécutée.

« Le chapitre de Notre-Dame ne se contenta pas de si
« peu de choses pour assurance de quatre deniers de rente
« que leur devoit une certaine damoiselle nommée Sedille ;
« il voulut qu'elle s'en chargeât, elle et ses héritiers, sur
« peine d'excommunication, et ne fit don des prévôtés de
« Roset et de Brie à Ottoboni, neveu d'Innocent IV, qu'à
« condition qu'il demeureroit excommunié *ipso facto* sitôt
« qu'il manqueroit à payer la pension qu'il leur devoit
« faire (2). »

En a-t-il enduré ce pauvre peuple ! Et j'ai souvent entendu des gens du peuple, et surtout les domestiques de
nos anciennes maisons, regretter les temps passés.

Les laquais, les sots orgueilleux, les hommes d'un esprit bas, médiocre, d'un caractère vil, doivent seuls regretter les âges féodaux, ces temps de profondes misères !
La noble créature humaine, l'homme, est né pour la liberté !

(D) « Environ ce temps, et peu de jours avant la mort du
« Roy, l'exécution cruelle et inhumaine d'une pauvre femme
« pour la taille (à laquelle les sergens aiians tout pris, ven-
« dirent pour le dernier une vache qui seule lui restoit pour

---

(1) Sauval, Antiquités de Paris, t. 2, p. 462, in-folio.
(2) Sauval, Antiq. de Paris, *ibid.*

« la nourriture d'elle et de six petits enfans) causa un triste
« et prodigieux accident : quy fust que ceste pauvre femme
« s'estant désespérée, pendist premièrement ses six enfans,
« puis se pendist après elle-mesme.

« On fist récit au Roy (Henri IV) de cest acte vraiment
« tragique et espouvantable. Et le jour précédant sa mort,
« le frère de ceste misérable (qui estoit un pauvre homme
« tout troué et desloqueté) se vinst jeter aux pieds de Sa
« Majesté pour luy en demander justice : *mais tant s'en*
« *fault que le Roy s'en montrast aucunement touché ni esmu*,
« qu'au contraire aiiant rudement repoussé et renvoyé ce
« pauvre homme, luy dist qu'ils étoient tous des canailles,
« et qu'il eust voulu, pour ung, qu'il y en eust eu cent qui
« se fussent pendus. L'autre après ces propos, s'estant levé,
« jettant les yeux au ciel dist ces mots : Puisque le Roy ne
« tient compte de me faire justice, je m'asseure que celui de
« là haut qui est Diex, me la fera et bientost. » — Le lendemain, le Roy fust tué.

(JOURNAL DE PIERRE DE L'ESTOILE, juin 1680, p. 79.)

Cela dispense de tout commentaire.

FIN DES NOTES HISTORIQUES.

TABLE DES MATIÈRES.

Chap. XVIII. Un Dangereux. 1
— XIX. Madame la Conseillère. 15
— XX. L'Alcôve de Madame et l'Alcôve de
Monsieur. 27
— XXI. Les Gentillesses de madame la Conseil-
lère. 51
— XXII. Moralité à propos d'un bas richement
brodé. 65
— XXIII. Où l'on voit la fin des galanteries de
Bassompierre avec mademoiselle d'En-
tragues. 75
— XXIV. L'Ecueil de Carybde. Histoire sicilienne. 93
— XXV. La Fille de maître Jonathas. Histoire
espagnole. 159
— XXVI. Où l'on verra que maître Jonathas eut pour
apprenti un Catalan de Barcelone. . 161
— XXVII. La retraite d'une Fée et la merveilleuse
scène qui s'y passa. 171
— XXVIII. L'Andalousie. 191
— XXIX. Les Laquais de Bassompierre. . . . 213
— XXX. Une Aventure de voleurs. 227

Chap.   XXXI. De la tragédie qui arriva à propos d'une promenade à l'Alameida. 251

—   XXXII. Les événemens historiques amènent de nouveaux compagnons d'infortune à Bassompierre. 269

—   XXXIII. L'Abbé de Foix en belle humeur. . . . 287

—   XXXIV. M. de la Drolettière. 297

—   XXXV. Maître Lesage. 303

—   XXXVI. 319

—   XXXVII. Aventures d'un corvéable à merci. . . 331

     Notes historiques. 347

FIN DE LA TABLE DES MATIÈRES.

ERRATA.

Page 127, ligne 2, au lieu de : *espace tout plan*, lisez : *espace tout planc*.

Page 133, ligne 6, au lieu de : *une voix*, lisez : *dit une voix*.

Page 216, ligne 21, au lieu de : *il vrai*, lisez : *c'était, il est vrai*.

Publications des éditeurs HORTET et OZANNE,

58, rue Jacob, faub. Saint-Germain.

En Vente.

—

ESPRIT DES PAPES, par M. Santo Domingo, auteur des
Tablettes Romaines, etc., etc., etc., 1 vol. in-8. . . . . 6 »
AVENTURES DE ROBERT-ROBERT, par Louis Des-
noyers (Derville), 2 vol. in-8. . . . . 15 »

Sous Presse.

—

Les tomes 3 et 4 et derniers des **GALANTERIES DU MA-
RÉCHAL DE BASSOMPIERRE**, par M. Lottin de
Laval, 2 vol. in-8. . . . . 15 »
MADAME MACAIRE, *Mœurs du XIX⁰ siècle*, par Louis
Desnoyers, 2 vol. in-8 (cet ouvrage paraîtra le 10 mars). . . 15 »
LES BÉOTIENS DE PARIS, par *le même*, 2 vol. in-8. . . 15 »
LA PERLE DES ANDALOUSES, par M. Lottin de
Laval, 2 vol. in-8. . . . . 15 »
UN ROMAN INÉDIT, de M. Maurice Saint-Aguet,
auteur de *Saint-Jean le Matelot*, 2 vol. in-8. . . . . 15 »
UN ROMAN INÉDIT, de M. Eugène Guinot, 2 vol. in-8. 15 »
JOSEPH L'AVEUGLE-NÉ, par M. Élie Berthet, 2
vol. in-8. . . . . » »
UN ROMAN INÉDIT, de M. E. M. de Saint-Hilaire,
auteur des *Souvenirs de l'Empire*, etc., etc., 2 vol. in-8. . 15 »